W0401510

COLIN HIGGINS

Ich liebe dich, ich liebe dich

COLIN HIGGINS

Ich liebe dich, ich liebe dich

Roman

verlegt bei Kindler

Aus dem Amerikanischen übertragen von
Georgette Skalecki
Die Originalausgabe erschien im Verlag
J. B. Lippincott Company, Philadelphia und New York,
unter dem Titel
HAROLD AND MAUDE

Copyright 1971 by Colin Higgins
Copyright der deutschsprachigen Ausgabe 1973
by Kindler Verlag GmbH, München
Alle Rechte vorbehalten, auch die des teilweisen
Abdrucks, des öffentlichen Vortrags und der Übertragung
in Rundfunk und Fernsehen
Redaktion: Wolf Keienburg
Korrekturen: Dr. A. Pernack
Umschlaggestaltung: H. Numberger
Gesamtherstellung: Richterdruck Würzburg
Printed in Germany
ISBN 3 463 00537 9

Harold Chasen stieg auf den Stuhl und legte sich die Schlinge um den Hals. Er zog sie zu und ruckte prüfend am Knoten. Er würde halten. Dann schaute er sich noch einmal im Zimmer um. Aus dem Plattenspieler drang leise Klaviermusik von Chopin. Der Briefumschlag lag gut sichtbar auf dem Schreibtisch. Alles war fertig. Er wartete. Draußen fuhr ein Wagen vor. Er hielt, und Harold hörte, wie seine Mutter ausstieg. Mit einem kaum angedeuteten Lächeln stieß er den Stuhl um, so daß er hilflos in der Luft herumpendelte. Nach ein paar Sekunden hörte er auf, mit den Füßen zu strampeln, und hing regungslos am Seil.

Mrs. Chasen legte ihre Schlüssel auf den Tisch neben dem Eingang und rief dem Hausmädchen zu, doch bitte die Pakete aus dem Wagen zu holen. Es war ein langweiliger Empfang gewesen, und sie war müde. Sie blickte in den Spiegel und schob geistesabwesend ihr Haar zurecht. Sie beschloß, an diesem Abend die mattblonde Perücke aufzusetzen. Sie würde ihren Termin bei

René verschieben und sich den Rest des Nachmittages etwas hinlegen. Schließlich hatte sie es weiß Gott verdient, sich gelegentlich etwas zu verwöhnen. Sie ging in den Salon und setzte sich an den Schreibtisch. Während sie in ihrem Adreßbuch blätterte und die Telefonnummer des Friseurs suchte, vernahm sie die leise Chopin-Musik. Wie besänftigend, dachte sie und begann zu wählen. René würde wütend sein, aber das war nicht zu ändern. Das Freizeichen ertönte, und sie lehnte sich zurück, wobei sie mit den Fingern auf die Armlehne des Stuhles trommelte. Sie blickte nach oben und sah den Körper ihres Sohnes, der an einem Seil von der Decke herabbaumelte. Der Körper schwang leicht hin und her, was zur Folge hatte, daß das Seil, das um den großen Eichenbalken geschlungen war, im Rhythmus zur Musik schabende Geräusche verursachte.

Mrs. Chasen starrte auf die vorquellenden Augen, die heraushängende Zunge, auf die Schlinge, die fest um den in einem grotesken Winkel verdrehten Hals lag.

»Es tut mir leid«, klang eine kaum hörbare Stimme aus dem Telefonhörer, »Sie haben eine Nummer gewählt, die keinen Anschluß hat. Bitte achten Sie darauf, daß Sie beim nächsten Male die richtige Nummer wählen. Dies ist . . .« Mrs. Chasen legte den Hörer auf die Gabel. »Also wirklich, Harold«, sagte sie und begann erneut zu wählen, »du hälst dich für besonders witzig. Offensichtlich ist es dir gleichgültig, daß wir heute abend die Crawfords zum Dinner hierhaben.«

»Oh, Harold war immer ein Junge mit guten Manieren«, sagte Mrs. Chasen beim Abendessen zu Mrs. Crawford der Älteren. »Doch, wirklich. Bereits mit drei Jahren konnte er mit Messer und Gabel essen. Als Baby gab es nie Scherereien mit ihm, obwohl er vielleicht etwas anfälliger für Krankheiten war, als Kinder es normalerweise sind. Das hat er wahrscheinlich von seinem Vater geerbt, denn ich bin mein ganzes Leben lang noch nicht einen Tag krank gewesen. Und natürlich erbte er von seinem Vater auch dessen seltsame Wertbegriffe – diese Vorliebe für das Absurde. Ich erinnere mich zum Beispiel, als wir in Paris waren, ging Charlie weg, um sich Zigaretten zu holen, und das nächste, was ich von ihm hörte, war, daß man ihn festgenommen hatte, weil er nackt die Seine hinuntergeschwommen war. Er hatte sich einen gelben Schwimmgürtel angelegt und sich in der Strömung getummelt. Ich kann Ihnen sagen, es kostete ebensoviel Überredungskraft wie Bestechungsgeld, daß die Sache nicht an die große Glocke gehängt wurde.«

Mrs. Crawford die Jüngere lachte amüsiert, ebenso Mr. Crawford, Mr. Fisher und Mr. und Mrs. Truscott-Jones. Mrs. Crawford die Ältere nippte an ihrem Champagner und lächelte.
»Darf ich jetzt den Nachtisch servieren lassen?« fragte Mrs. Chasen die alte Dame.
»Haben Sie alle schon Lust auf einen wunderbaren Pfirsich Melba? Harold, mein Lieber, du bist noch nicht mit der Roten Beete fertig.«
Harold saß am Ende der Tafel. Er blickte auf.
»Hast du gehört, mein Lieber? Iß deine Rote Beete auf. Sie ist sehr nahrhaft. Gut für den Organismus.«
Harold schaute seine Mutter an und legte dann schweigend die Gabel auf den Teller.
»Was um alles in der Welt ist los?« fragte Mrs. Chasen. »Fühlst du dich nicht gut?«
»Ich habe Halsschmerzen«, sagte er sanft.
»O je, mein armer Liebling. Dann ist es wohl am besten, du gehst gleich zu Bett. Entschuldige dich und sage gute Nacht.«
»Entschuldigen Sie bitte«, sagte Harold. »Und Ihnen allen eine gute Nacht.« Er stand auf und verließ das Zimmer.
»Gute Nacht«, entgegneten alle.
»Nimm ein Aspirin«, rief Mrs. Chasen hinter ihm her. »Mit viel Wasser.«
Dann wandte sie sich wieder ihren Gästen zu.

»Meine Güte«, seufzte sie. »Ich weiß nicht, was ich mit dem Jungen machen soll. Er ist in der letzten Zeit richtig schwierig geworden. Er geht regelmäßig zu meinem Psychiater, Dr. Harley, und natürlich sagt mein Bruder Victor – der Brigadegeneral – mir immer wieder, daß die Armee die beste Lösung für Harold wäre. Aber ich möchte nicht, daß sie ihn in irgendeinem Dschungel gegen Wilde kämpfen lassen. Auf diese Weise habe ich Charlie verloren. Natürlich kämpfte Charlie nicht. Er fotografierte Papageien in Polynesien, als dieser ...« »Champagner!« rief Mrs. Crawford die Ältere gebieterisch und rülpste.

»Aber Mutter«, rief Mrs. Crawford die Jüngere.

»Mutter, bitte«, sagte Mr. Crawford vorwurfsvoll.

»Tut mir leid«, entgegnete Mrs. Crawford die Ältere, »ich dachte, ich hätte eine Fledermaus gesehen!«

Ein kurzes Schweigen lastete auf der kleinen Gesellschaft, bis Mrs. Truscott-Jones sagte, sie hätte in ihrem ganzen Leben noch keinen so wunderbaren Pfirsich Melba gegessen, und Mrs. Chasen erzählte ihr daraufhin die Geschichte, wie sie das Originalrezept von einem Tenor in Tokio bekommen hatte, der behauptete, Nell Gwins unehelicher Sohn zu sein.

Warum sie diese alte Frau noch immer zu Parties mitbringen, dachte Mrs. Chasen, als sie sich vor ihren Toilettentisch setzte und die Perücke abnahm, das kann wirklich kein Mensch begreifen. Schließlich ist sie praktisch völlig senil. Es ist immer so peinlich, besonders für die Familie, aber natürlich auch für die Gastgeberin.

Warum stecken sie sie nicht in ein Altersheim? fragte sie sich und nahm ihren Morgenmantel vom Bett. Dort wäre sie gut versorgt und könnte bis ans Ende ihrer Tage unter ihresgleichen leben.

Sie blieb an der Badezimmertür stehen und betrachtete sich in dem hohen Spiegel. Sie nahm die Schultern zurück und klopfte sich leicht auf den Bauch. Nicht schlecht, dachte sie. Jung zu bleiben ist nur eine Frage der schlanken Linie.

Sie öffnete die Tür und machte im Bad das Licht an. Harold lag mit weit aufgerissenen Augen in der Badewanne. In seiner Kehle klaffte eine tiefe Wunde, und von seinem Hals und seinen Handgelenken tropfte Blut.

»Mein Gott! Mein Gott!« kreischte Mrs. Chasen. »Ohhh nein! Ohh! Das ist zuviel! Jetzt reicht es!« Sie drehte sich um und lief laut weinend durch die Halle.

Harold drehte den Kopf zur Seite und horchte. In der Ferne konnte er noch die hysterischen

Schreie seiner Mutter hören. Er schaute sich in dem blutverschmierten Spiegel an, und ein schwaches zufriedenes Lächeln erhellte sein Gesicht.

»Wir haben jetzt bereits einige Sitzungen hinter uns, Harold«, sagte Dr. Harley, »aber ich glaube nicht, daß wir Fortschritte zu verzeichnen haben. Sind Sie da meiner Meinung?«

Harold lag auf der Couch und starrte an die Decke. Er nickte zustimmend.

»Und wie erklären Sie sich das?«

Harold dachte einen Augenblick nach. »Ich weiß es nicht«, sagte er dann. Dr. Harley trat ans Fenster. »Es liegt möglicherweise daran, daß Sie nicht bereit sind, sich zu äußern oder mitzuarbeiten. Wir müssen Kontakt miteinander haben, Harold. Sonst werde ich Sie niemals verstehen. Nun wollen wir noch einmal über Ihre vorgetäuschten Selbstmorde sprechen. Seitdem Sie das letztemal hier waren, haben Sie, den Berichten Ihrer Mutter zufolge, drei weitere Versuche unternommen. Alle zusammengerechnet macht das fünfzehn, oder irre ich mich?«

Harold starrte weiterhin an die Decke. »Fünfzehn«, sagte er nachdenklich, »wenn Sie den ersten und die Bombe, die nachts im Gewächshaus explodierte, nicht mitzählen.«

Dr. Harley fuhr sich mit der Hand über sein spärlicher werdendes Haar! »Fünfzehn«, wiederholte er. »Und jeder einzelne Ihrer Mutter zuliebe?«

»›Zuliebe‹ würde ich nicht gerade sagen«, korrigierte Harold nach einigen Sekunden des Nachdenkens.

»Nein«, nickte Dr. Harley, »da haben Sie recht.« Er setzte sich hinter seinen Schreibtisch. »Aber alle diese Selbstmordversuche haben Sie doch nur inszeniert, um eine bestimmte Reaktion Ihrer Mutter zu provozieren, oder? Nehmen wir zum Beispiel den vorgetäuschten Schädelbruch, über den wir bei der letzten Sitzung gesprochen haben. Sie legten die Puppe mit der Melone hinter das Hinterrad des Wagens Ihrer Mutter, so daß sie, nachdem sie zurückgestoßen hatte, glauben mußte, Ihren Kopf überrollt zu haben. Nun, der hysterische Anfall, der dann folgte, dürfte wohl genau die Reaktion gewesen sein, die Sie sich bei Ihren drei letzten Versuchen erhofften. Habe ich recht?«

»Nun«, sagte Harold, »das war einer der ersten. Da war es noch einfacher.«

»Oh, ja.« Dr. Harley lehnte sich zurück. »Erzählen Sie mir von dem Zwischenfall im Bad gestern abend.«

»Was wollen Sie wissen?«

»Würden Sie ihn als Erfolg bezeichnen?«
Harold überlegte. »Es war der größte Erfolg in den letzten Wochen.«
»Hinterließen Sie einen Abschiedsbrief?«
»Nein. Ich schrieb mit Blut ›Adieu‹ auf den Spiegel. Aber ich glaube nicht, daß sie es bemerkt hat.«
»Als Sie sich im Wohnzimmer erhängten, hinterließen Sie da einen Abschiedsbrief?«
»Ja. Auf dem Schreibtisch. Sie hat ihn nicht einmal in die Hand genommen.«
»Dann war die Idee mit dem Erhängen also ein Reinfall?«
»Vielleicht lag es an dem Seil«, überlegte Harold. »Vielleicht hätte ich ein anderes Seil nehmen sollen.«
»Sie scheinen sich bei diesen – äh – Vorstellungen mit dem ganzen Drum und Dran ausgesprochen Mühe zu geben. Die Sache mit dem Swimmingpool hat doch sicherlich viel Arbeit gemacht.«
»Ja«, sagte Harold mit einem angedeuteten Lächeln, das Zufriedenheit ausdrückte, »das hat sie. Ich mußte Flöße für die Schuhe und den Anzug konstruieren. Ich mußte sogar ein kleines Sauerstoffgerät bauen, damit ich unter Wasser atmen konnte. Das hat alles viel Spaß gemacht.«
»Aber es war kein Erfolg. Wenigstens entnahm ich das dem Bericht Ihrer Mutter.«

Harold drehte sich um und schaute den Arzt an.
»Was hat sie gesagt?« fragte er.
»Nachdem sie Sie in voller Kleidung mit dem Gesicht nach unten und mit einem Blatt Papier auf dem Rücken, auf dem ›Adieu Welt‹ stand, im Swimmingpool gesehen hatte, beauftragte sie das Hausmädchen, Ihnen heißen Kakao zum Mittagessen zu geben, damit Sie sich nicht erkälten.«
Harold starrte erneut an die Decke. Es dauerte lange, bis er wieder sprach. »Ich habe drei Tage gebraucht, um diese Aktion vorzubereiten«, meinte er schließlich.
Dr. Harley beugte sich vor. »Sagen Sie mir eins«, bat er und wechselte damit das Thema, »was machen Sie in Ihrer freien Zeit?«
»Sie meinen, wenn ich gerade keinen Plan . . .«
»Ja. Was tun Sie so den ganzen Tag? Sie gehen doch nicht zur Schule.«
»Nein.«
»Und arbeiten tun Sie auch nicht.«
»Nein.«
»Womit verbringen Sie also Ihre Tage?«
Harold überlegte. »Ich gehe auf Schuttabladeplätze.«
»Und was machen Sie dort?«
Wieder dachte Harold nach. »Ich schaue mir gern den Müll an«, sagte er schließlich.
»Aha. Und was tun Sie sonst noch?«

»Ich schaue gern der Presse auf dem Schrottplatz zu, wie sie die Autos zerquetscht.«
»Was noch?«
»Ich mag die Abreißkommandos.«
»Sie meinen die Leute, die alte Häuser niederreißen und so?«
»Ja. Vor allem, wenn sie mit der großen Eisenkugel arbeiten.«
»Das ist sehr aufschlußreich, Harold, und ich glaube, wir haben dadurch einige Wege für eine weitere Untersuchung in unserer nächsten Sitzung gefunden. Tja, die Zeit ist um. Grüßen Sie Ihre Mutter von mir. Ich glaube, ich sehe sie Anfang nächster Woche.«
Harold stand von der Couch auf und verabschiedete sich.
»Gehen Sie jetzt zum Schuttplatz?« fragte Dr. Harley freundlich.
»Nein«, entgegnete Harold, »auf den Friedhof.«
Der Arzt schwieg betroffen. Dann sagte er: »Oh, das tut mir leid. Jemand aus der Familie?«
»Nein«, sagte Harold und öffnete die Tür, »ich gehe einfach gerne zu Beerdigungen.«

Harold stand etwas abseits von der Trauergemeinde und hörte dem Pfarrer zu, der gerade die letzten Gebete sprach. Er kam zu dem

Schluß, daß er kleinere Begräbnisse vorzog. Wenn nur ein paar Menschen am Grab standen, schien ihm das Gefühl intensiver zu sein. Und natürlich war es bei kleineren Beerdigungen auch möglich, näher an den Sarg heranzukommen und genau zu sehen, wie er in die Grube hinuntergelassen wurde. Der Priester leierte weiter seine Gebete herunter. Der Dahingegangene war anscheinend ein wichtiger Mensch gewesen. Eine ganze Menge Leute, dachte Harold. Er blickte sich um und sah in einiger Entfernung eine zierliche alte Dame, die unter einem Baum saß. Sie sah aus, als gehörte sie zur Trauergemeinde, und Harold hätte ihr weiter keine Beachtung geschenkt, wenn sie nicht ein Stück Wassermelone gegessen und die Kerne in eine Papiertüte gespuckt hätte. Verblüfft starrte er sie an. Sie schien sich ausgesprochen wohl zu fühlen, alles um sich herum zu betrachten und zu genießen, so als machte sie ein Picknick in einem Park. Die Gebete des Priesters näherten sich dem Ende, und Harold entschloß sich zu gehen. Er warf noch einen letzten Blick auf die alte Dame. Seltsam, dachte er, sehr seltsam, stieg in seinen Leichenwagen und fuhr davon.

»Warum du dieses schwarze Monstrum gekauft hast, ist mir ein völliges Rätsel«, sagte Mrs. Chasen beim Mittagessen. »Du hättest jeden beliebigen Wagen haben können – einen Porsche, einen Jaguar, einen netten kleinen MG Roadster. Aber nein. In unserer Einfahrt muß dieses scheußliche Ungetüm stehen, das eine Zumutung für mich und ein Schock für die Mitwelt ist. Ich möchte nicht wissen, was die Damen vom Wohltätigen Frauenverein dachten, als sie dich – den Sohn ihrer Vorsitzenden – in einem Leichenwagen nach Hause fahren sahen. Wirklich Harold, ich weiß nicht, was ich noch tun soll. Trink deine Milch aus, mein Lieber.«

Harold trank seine Milch.

»Schließlich liegt es ja nicht daran, daß du dumm bist«, fuhr Mrs. Chasen fort. »Ganz im Gegenteil, du hast einen sehr hohen Intelligenzquotienten. Und deshalb verstehe ich deine Manie nicht, dich vorzugsweise mit allem zu befassen, was mit dem Tod zu tun hat. Woher kommt das? Von mir hast du es jedenfalls nicht. Ich habe keine Zeit für derartige Gedanken. Von der Minute an, in der ich aufstehe, bis zu dem Moment, in dem ich ins Bett gehe, bin ich ununterbrochen unterwegs – bei Komitees, bei Empfängen, im Theater – nie gibt es eine Verschnaufpause. Aber du Harold, du bist völlig ungesellig, du beteiligst dich nie an Diskussionen, du denkst nicht einmal daran, was morgen sein wird. Du verschleuderst deine Talente an deinen kleinen Inszenierungen. Das hat keine Zukunft, Harold. Ganz egal, wie heilsam sie auch vom psychologischen Gesichtspunkt aus sein mögen. Dein Onkel Victor hat vorgeschlagen, daß du in die Armee eintrittst. Vielleicht solltest du ihn einmal aufsuchen. Ich habe bestimmt nichts für die Armee übrig, aber vielleicht wird er aus dir schlau. Immerhin war er die rechte Hand von General MacArthur.«

Brigadegeneral Victor E. Ball war für eine kurze Zeit im Jahre 1945 tatsächlich General MacArthurs Adjutant gewesen. Aber bei aller Fairneß MacArthur gegenüber konnte er kaum als die rechte Hand des Generals bezeichnet werden, teils weil er nicht die geringste Rolle bei irgendeiner militärischen Entscheidung spielte, hauptsächlich aber deshalb, weil er gar keine rechte Hand besaß. Er hatte nicht einmal einen rechten Arm, denn der war ihm bei einem Manöver in Fort Jackson in South Carolina abgeschossen worden. Normalerweise würde man von einem Offizier in einem solchen Fall erwarten, daß er sich in den Ruhestand begäbe, aber General Ball war nicht der Typ, der sich ohne Kampf geschlagen gab. Seiner Ansicht nach war die schlimmste Begleiterscheinung eines abgeschossenen rechten Armes in der Armee, daß man nicht mehr auf korrekte Weise militärisch grüßen kann. Er ruhte nicht, bis er sich eine Apparatur konstruiert hatte, die zusammengeklappt in seinem leeren Ärmel steckte. Wenn er mit der linken Hand an der Schnur seines Fourragères zog, wurde der Ärmel zu einem zackigen West-Point-Gruß an die Stirn hochgerissen. Mit diesem Hilfsmittel und einigen einflußreichen Freunden im Pentagon hatte es General Ball geschafft, in der Armee Karriere zu machen.

Und so sagte er zu seinem Neffen: »Die Armee ist nicht nur mein Zuhause, Harold, sie ist mein Leben. Und sie könnte auch für dich das Leben bedeuten. Ich weiß, wie deine Mutter darüber denkt. Sie besteht darauf, daß ich deinen Einberufungsbefehl zurückhalte, aber wenn es nach mir ginge, dann würde ich deine Akte weitergeben und ließe dich schon morgen zu einem unserer fernöstlichen Stützpunkte schicken. Glaube mir – es würde eine herrliche Zeit für dich.«

Der General erhob sich von seinem Schreibtischstuhl und deutete mit einer großen Geste auf die Plakate, die an den Wänden seines Büros hingen. »Schau dich um, Harold«, sagte er. »Da ist die Armee, wie sie die Spicks in San Juan verprügelt, die Chinks zusammenschlägt, die Rothäute auspeitscht und sich den Weg über die Brücke bei Remagen erkämpft. Ah, es ist ein großartiges

Leben. Mit historischen Augenblicken, Aktion, Abenteuer, und man lernt etwas. Du wirst den Krieg erleben – aus erster Hand! Und es gibt jede Menge schlitzäugiger Mädchen dort. Endlich wird ein Mann aus dir, Harold. Du ziehst die Uniform an und schreitest aufrecht dahin – mit glitzernden Augen, federndem Gang und dem Wissen im Herzen, daß du für den Frieden kämpfst und deinem Vaterland ein treuer Diener bist.«

Er blieb vor einem Bild stehen, auf dem Nathan Hale mit einer Schlinge um den Hals zu sehen war.

»Genau wie Nathan Hale«, sagte er. Er zog an der Schnur und sein Ärmel wurde zum Salut hochgerissen. »Das ist es, was das Vaterland braucht – mehr Männer wie Nathan Hale.« Er blieb eine Zeitlang stramm vor dem Bild stehen, bevor er seinen Ärmel wieder in Ruhestellung zurückfallen ließ.

»Und weißt du was?« sagte der General und drehte sich zu Harold um, der am Fenster saß.

Der General trat zu ihm und beugte sich vertraulich zu ihm herunter.

»Ich glaube«, flüsterte er, »ich glaube, du hast das Zeug zu einem Nathan Hale in dir.«

Harold starrte seinen Onkel ausdruckslos an.

Der General lächelte und schlug ihm auf die Schulter.

»Denk darüber nach«, sagte er und ging dann zu seinem Schreibtisch zurück.

Harolds abgeschlagener Kopf lag auf der silbernen Servierplatte, während Harold in dem Blut rund um den Kopf Petersilienstengel arrangierte. Als er Mrs. Chasen die Treppe herunterkommen hörte, stülpte er schnell den großen Silberdeckel über die Platte und stellte sie unter den Tisch. Er verließ das Eßzimmer, um seine Mutter in der Eingangshalle zu begrüßen.
»Harold, mein Lieber, ich habe nur ein paar Minuten Zeit, aber ich will dir doch schnell mitteilen, wozu ich mich entschlossen habe. Bitte nimm Platz.«
Harold setzte sich, und Mrs. Chasen begann sich in ihre langen weißen Handschuhe zu zwängen.
»Harold«, sagte sie nüchtern, »es ist Zeit, daß du dir über deine Zukunft Gedanken machst. Du bist jetzt neunzehn, schon beinahe zwanzig. Bis heute hast du ein müßiges, glückliches und sorgloses Leben geführt – das Leben eines Kindes. Aber jetzt ist es Zeit, das Kinderspielzeug wegzupacken und die Verantwortungen auf sich zu nehmen, die das Erwachsensein mit sich bringt. Wir würden alle gern in den Tag hineinleben und uns keine Gedanken darüber machen, was

morgen sein wird. Aber das geht nicht. Wir haben unsere Pflichten. Unsere Verpflichtungen. Unsere Prinzipien. Kurz«, sagte Mrs. Chasen und zog mit einer endgültigen Bewegung ihre Handschuhe zurecht, »ich bin der Ansicht, daß es Zeit für dich ist zu heiraten.«

»Wie bitte?« Harold starrte seine Mutter entgeistert an.

»Zu heiraten«, wiederholte Mrs. Chasen, nahm ihre Abendtasche und ging zur Tür. »Wir werden ein Mädchen für dich finden, das du heiraten kannst.«

Harold kniete in der Kirche und lauschte der leisen Orgelmusik. Er schaute zu dem großen bemalten Glasfenster über dem Altar hinauf, das Thomas von Aquin darstellte, wie er mit einer Feder irgend etwas in ein Buch schrieb. Thomas von Aquin ist nie verheiratet gewesen, schoß es Harold durch den Kopf, und dann glitt sein Blick zu dem Mann hinüber, der in dem offenen Sarg lag. Ich frage mich, ob er verheiratet war, sinnierte er. Es würde mich überhaupt interessieren, wer er war.

Der weißhaarige Pater Finnegan trat in die Kanzel und musterte die wenigen Trauernden mit scharfem Blick. Er öffnete sein Buch und las den

gleichen Text, den er schon ungezählte Male vorgelesen hatte:
»Und so, meine lieben Brüder, lasset uns beten zu Gott, dem König des Ruhmes, daß er alle Seelen, die im Glauben dahingegangen sind, segne und vor den Qualen der Hölle und der bodenlosen Grube bewahre, sie bewahre vor dem Rachen des Löwen und der Dunkelheit, die darin herrscht, und sie statt dessen ins Reich der Seligen, zum heiligen Licht und zu ewiger Ruhe führe.«
Als Pater Finnegan mit schleppender Stimme weiter sein müdes Gebet herunterleierte, erhob sich Harold, der im hinteren Teil der Kirche gekniet hatte, leise und setzte sich. Er schaute hinüber zu einem Bild der Madonna.
»Psst!«
Harold horchte auf.
»Psssst!«
Er drehte sich um. Auf der anderen Seite des Ganges drei Reihen hinter ihm kniete eine weißhaarige alte Dame. Sie lächelte zu ihm herüber und winkte vergnügt. Harold schaute wieder nach vorn. Das ist die Frau vom Friedhof, dachte er, die mit der Wassermelone. Was will sie bloß von mir?
»Pssst!«
Harold schrak hoch. Die alte Dame kniete jetzt genau hinter ihm. Sie grinste.

»Möchten Sie vielleicht eine Stange Lakritze?« fragte sie freundlich und hielt ihm eine kleine Tüte hin. Sie sprach mit einem leicht englisch-europäischen Akzent.

»Äh ... nein, danke«, flüsterte Harold und kniete sich wieder hin.

»Aber bitte, nehmen Sie doch«, flüsterte sie zurück.

Den Blick unverwandt auf den Altar gerichtet, lauschte Harold angestrengt nach hinten. Nach ein paar Minuten hörte er, wie sich die alte Dame geräuschvoll erhob, ungeniert in seine Bank trat und neben ihm niederkniete. Sie gab ihm einen freundschaftlichen Schubs.

»Kannten Sie ihn?« fragte sie mit einer Handbewegung zum Sarg.

»Äh ... nein«, flüsterte Harold und bemühte sich, den Anschein zu erwecken, als sei er an der Predigt interessiert.

»Ich auch nicht«, sagte die alte Dame fröhlich. »Ich hörte, daß er achtzig Jahre alt geworden ist. Ich werde ebenfalls in der nächsten Woche achtzig. Ein gutes Alter zum Sterben, glauben Sie nicht auch?«

»Ich weiß nicht«, sagte Harold und stand gleichzeitig mit der Trauergemeinde auf. Pater Finnegan segnete den Sarg, und die Sargträger rollten ihn hinaus. »Mit fünfundsiebzig ist es noch zu früh, finde ich«, fuhr die alte Dame fort. Sie hatte sich ebenfalls erhoben. »Aber mit fünfundachtzig tritt man nur noch auf der Stelle und kann genausogut in die andere Welt hinübergehen.« Die kleine Trauergemeinde verließ die Kirche. Harold spürte ein Zupfen an seinem Ärmel.

»Schauen Sie die an«, flüsterte sie deutlich hörbar. »Ich habe diesen Fimmel mit der schwarzen Kleidung nie verstanden. Schließlich schickt doch auch niemand schwarze Blumen, oder? Schwarze Blumen sind tote Blumen, und wer würde schon tote Blumen zu einer Beerdigung schicken?« Sie lachte. »Wie absurd.«

Harold trat aus der Kirchenbank, und die alte Dame folgte ihm.

»Was halten Sie von dem alten fetten Tom?« fragte sie.

»Von wem?« fragte Harold.

»Thomas von Aquin da oben. Ich sah, daß Sie zu ihm hinaufschauten.«

»Ich glaube er war ein ... äh ... ein großer Denker.«

»O ja, aber ein bißchen altmodisch, finden Sie nicht auch? Du meine Güte, schauen Sie bloß die an!«

Sie blieben vor dem Bild der Muttergottes stehen.

»Darf ich?« fragte sie und zog, ohne die Antwort abzuwarten, den Filzschreiber aus Harolds Manteltasche. Mit ein paar kräftigen Strichen malte sie ein fröhliches Lächeln in das sorgenvolle Gesicht der Madonna.

Harold schaute sich in der leeren Kirche um, um festzustellen, ob sie jemand beobachtete.

»Na also, so ist es schon viel besser«, sagte die alte Dame. »Sie geben dem armen Ding nie eine Chance zu lächeln. Und dabei gibt's doch eine ganze Menge, worüber sie glücklich sein kann. Wenn man es genau bedenkt«, fuhr sie fort und musterte dabei einige Statuen an der Wand, »haben sie eigentlich alle Grund, glücklich zu sein. Entschuldigen Sie mich.«

Harold versuchte mit einer schüchternen Bewegung seinen Filzschreiber wieder an sich zu nehmen, aber ohne Erfolg. Die alte Dame stand bereits vor den Figuren und malte dem heiligen Joseph, dem heiligen Antonius und der heiligen Theresia ein Lächeln ins Gesicht.

»Ein unglücklicher Heiliger ist ein Widerspruch in sich«, erklärte sie.

»Äh ... ja«, sagte Harold nervös.

»Und warum macht man sie dann trotzdem so?« fragte sie.

Harold schaute zu einem Kruzifix hinüber.

»Man könnte glauben«, meinte sie und trat durch das Kirchenportal ins Freie, »daß niemand je die Geschichte zu Ende gelesen hat.«

Harold folgte ihr auf die Straße hinaus.
»Äh ... könnte ich jetzt bitte meinen Filzstift wiederhaben?« fragte er.
»Oh, aber natürlich«, sagte sie und gab ihn ihm.
»Wie heißen Sie übrigens?«
»Harold Chasen.«
»Sehr erfreut.« Sie lächelte. »Ich bin die Gräfin Mathilda Chardin, aber Sie dürfen Maude zu mir sagen.«
Wenn sie lächelte, ließen die Fältchen um ihre Augen diese noch leuchtender und noch blauer erscheinen.
Harold streckte ihr höflich die Hand hin. »Sehr angenehm«, sagte er.
Sie schüttelte seine Hand. »Ich glaube, wir werden gute Freunde werden, meinen Sie nicht auch?« Sie nahm einen großen Schlüsselbund aus ihrer Tasche und schloß die Tür eines Wagens auf, der am Straßenrand stand.
»Kann ich Sie wo absetzen, Harold?« fragte sie.
»Nein, danke«, antwortete Harold. »Ich habe meinen eigenen Wagen dabei.«
»Gut. Ich muß los. Wir werden uns sicher wiedersehen.«
In der Kirche stand Pater Finnegan fassungslos vor den Statuen mit den fröhlichen Gesichtern.
Maude ließ den Motor aufheulen und löste die Bremse.

»Harold!« rief sie aus dem Wagen. »Tanzen Sie gern?«
»Was?«
»Tanzen und singen Sie?«
»Äh ... nein.«
»Nein.« Sie lächelte traurig. »Das dachte ich mir.« Sie trat aufs Gaspedal. Mit einem quietschenden Geräusch und dem Geruch von verbranntem Gummi schoß der Wagen los, raste die Straße hinunter und verschwand schleudernd in einer Kurve. Und selbst dann konnte man noch den Lärm des gequälten Getriebes hören, wenn sie in einen höheren Gang schaltete.
Harold starrte ihr verwundert nach.
Pater Finnegan, der in der Kirchentür stand, hatte die Abfahrt ebenfalls beobachtet. »Diese Frau«, sagte er wie zu sich selbst, »hat meinen Wagen genommen.«

Mrs. Chasen saß an ihrem Schreibtisch im Salon und redete auf ihren Sohn ein, der vor ihr stand. »Ich habe hier die Formulare, die mir von der Nationalen Computerzentrale für Partnersuche zugeschickt worden sind«, sagte sie. »Ich glaube, daß dies, da du mit keiner der Töchter von einem meiner Freunde auskommst, der beste Weg ist, um eine Frau für dich zu finden.«

Harold machte den Mund auf, aber seine Mutter wischte mit einer Handbewegung jeden möglichen Protest beiseite.

»Bitte setz dich, Harold«, sagte sie. »Wir haben eine Menge zu tun, und ich muß um drei bei der Schneiderin sein.« Sie schaute die Formulare durch. »Diese Computerzentrale vermittelt nach Einzahlung der ersten Gebühr drei Kandidatinnen. Es heißt hier, die Fetten und Häßlichen seien aussortiert worden, es handelt sich also offensichtlich um eine Firma, die auf höchstes Niveau Wert legt. Ich bin sicher, daß es bei der großen Auswahl mindestens ein Mädchen gibt, das meinen Ansprüchen gerecht wird.«

Harold zog sich einen Stuhl heran und setzte sich.

»Hier geht es zunächst einmal um Fragen, die deine Person betreffen. Es sind fünfzig Fragen, und bei jeder hast du fünf Antwortmöglichkeiten zur Auswahl: A = ganz sicher; B = ja; C = nicht sicher; D = nein und E = unter keinen Umständen. Bist du soweit, Harold?«

Harold schaute seine Mutter mit traurigen Augen an.

»Die erste Frage lautet: Ist es Ihnen unangenehm, neue Menschen kennenzulernen? Nun, ich glaube, das können wir mit ›ja‹ beantworten. Meinst du nicht auch, Harold? Wir können sogar mit ›ganz sicher‹ antworten. Wir werden also ›A‹ ankreuzen. Zweite Frage: Sollte sexuelle Aufklärung außerhalb der Familie erfolgen? Ich würde sagen nein, was meinst du, Harold? Wir werden hier das ›D‹ ankreuzen. Dritte Frage: Sind Sie am liebsten allein? Nun, das ist einfach, nicht wahr? Also ›A‹. Sollten Frauen sich um die Präsidentschaft der Vereinigten Staaten bewerben? Ich sehe nicht ein, warum sie das nicht tun sollten. Also auch ›A‹. Haben Sie oft Freunde zu Besuch? Nein, nie, Harold. Das wäre also ›E‹. Haben Sie oft das Gefühl, daß das Leben nicht lebenswert ist? Hmmm.«

Mrs. Chasen schaute auf. »Was würdest du sagen, Harold? ›A‹ oder ›B‹?«

Harold starrte seine Mutter ausdruckslos an.

»Harold! ›A‹ oder ›B‹?«

Er schwieg.

»Nun, machen wir ein ›C‹ daraus. Siebente Frage: Ist das Thema Sex von unseren Massenmedien zu sehr ausgeschlachtet worden? Darauf ist die Antwort wohl ja, oder? Haben manche Richter eine Vorliebe für bestimmte Anwälte? Ja, ich glaube schon. Darf ein Lehrer in der Öffentlichkeit rauchen oder trinken? . . .«

Während Mrs. Chasen weiter die Fragen herunterratterte, öffnete Harold seinen Mantel und brachte eine kleine Pistole zum Vorschein. Aus

seiner Seitentasche holte er sechs Patronen, und während seine Mutter den Fragebogen ausfüllte, lud er die Waffe langsam und sorgfältig.
»Haben Sie nach einem schwierigen Tag manchmal Kopf- oder Rückenschmerzen? Ja, das habe ich allerdings. Schlafen Sie leicht ein? Ich würde sagen, ja. Sind Sie bei Mord für die Todesstrafe? O ja, das bin ich allerdings! Sind Sie der Ansicht, daß die Kirchen einen starken Einfluß auf die Hebung der allgemeinen Moral haben? Ja. Sind Ihrer Meinung nach soziale Hilfeleistungen in der Regel eine Zeitverschwendung? Um Himmels willen, nein! Kann Gott unser Leben beeinflussen? Ja. Absolut. Sind Sie jemals auf die andere Straßenseite hinübergegangen, um zu vermeiden, jemandem zu begegnen? Ich bin nicht sicher. Hast du das schon einmal getan, mein Lieber? ...«
Harold schob die letzte Patrone ins Magazin und ließ es zuschnappen. Er schaute auf. Seine Mutter war viel zu beschäftigt, um irgend etwas anderes wahrzunehmen. Er zog den Hammer zurück und spannte den Hahn. Sie las immer noch weiter.
»Hatten Sie eine schöne Kindheit? O ja!« Sie seufzte, blätterte um und sagte: »Du warst ein wunderbares Baby, Harold.«
Er hob langsam die Waffe, bis die Mündung genau auf ihren Kopf zeigte.
»Glauben Sie an ein Leben nach dem Tode? O ja,

allerdings. Absolut. Unterliegen Sie Stimmungsschwankungen, ohne einen echten Anlaß dafür zu haben. Das tust du doch, oder, mein Lieber? Also ›A‹.«

Harold beobachtete sie und hörte zu. Langsam drehte er den Lauf herum, bis er direkt in die Mündung schaute.

»Erinnern Sie sich an Witze, und macht es Ihnen Spaß, sie anderen zu erzählen? Das ist doch bei dir nicht der Fall, oder, mein Lieber? Also ›E‹.«

Ganz allmählich drückte er den Abzug immer weiter durch.

»Finden Sie, daß die sexuelle Revolution zu weit gegangen ist? Das kann man wohl sagen! Sollte die Evolution ...«

Mit einem lauten Knall ging die Pistole los, die Wucht des Aufpralls ließ Harold mitsamt dem Stuhl nach hinten überkippen. Leblos lag er auf dem Boden, Blut sickerte aus dem kleinen runden Loch in seiner Stirn.

Mrs. Chasen blickte auf.

»Harold«, sagte sie ungehalten. »Harold, ich bitte dich! Hast du mich gehört! Sollte die Evolution auf dem Lehrplan unserer Schulen stehen?«

»Ich glaube, ich habe bei Mutter nicht mehr den gleichen Erfolg wie früher«, gestand Harold sei-

nem Psychiater Dr. Harley noch am selben Tag.
»Oh«, meinte der Arzt.
Harold brütete einige Zeit vor sich hin. Dann sagte er: »Ich fürchte, die Selbstmordversuche verlieren an Wirkung.«

Dunkelgraue Wolkenmassen zogen von der Küste her, und der Wind rüttelte an den Ästen der Bäume auf dem Friedhof. Pater Finnegan blickte von seiner Begräbnispredigt auf und kam zu dem Schluß, daß es wohl bald regnen würde. Er sprengte sein Weihwasser über das Grab und begann mit dem Schlußgebet.
Harold betrachtete das spärliche Häuflein der Trauergäste. Einige spannten ihre Regenschirme auf und verkrochen sich darunter. Andere standen ruhig da und hielten die Hüte in der Hand.
»Psst!«
Harold drehte sich um.
Auf der anderen Seite des Grabes stand Maude, gekleidet in einen gelben Regenmantel mit einem Südwester auf dem Kopf, und winkte zu ihm herüber, um seine Aufmerksamkeit auf sich zu lenken.
Verwirrt senkte er rasch den Blick und schaute auf den Sarg, als habe er sie nicht gesehen.
»Psst!«

Er rührte sich nicht.
»PSSST!«
Er sah auf.
Mit einem strahlenden Lächeln blinzelte sie ihm zu.
Er nickte kaum merklich.
Pater Finnegan schloß sein Buch, und als er gerade den abschließenden Segen murmelte, bemerkte er Maude. Einen Augenblick lang hatte er das Gefühl, sie schon irgendwo einmal gesehen zu haben, aber bevor er seiner Sache ganz sicher war, schien der Gram sie übermannt zu haben, denn sie war hinter einigen Leuten verschwunden.
Sein Blick wanderte zu Harold hinüber. Harold schaute weiterhin auf den Sarg. Pater Finnegan beendete das Schlußgebet.
Die Trauergemeinde antwortete mit einem gemeinsamen »Amen«, bekreuzigte sich und eilte zu den Wagen.
»Einen Augenblick bitte«, sagte Pater Finnegan, als er Harold eingeholt hatte. »Sie sind der junge Chasen, nicht wahr?«
»Äh ... ja«, antwortete Harold.
»Sagen Sie mir eins: Wer war die alte Dame, der Sie vorhin zugewinkt haben?«
»Ich habe nicht *ihr* zugewinkt – sie hat *mir* zugewinkt.«

Just in diesem Moment fuhr Maude in Harolds Leichenwagen vor und hielt an. Sie lehnte sich aus dem Fenster.

»Kann ich Sie mitnehmen, Harold?« fragte sie.

Harold schaute sie entgeistert an. Pater Finnegan trat zu Maude ans Wagenfenster.

»Entschuldigen Sie, Madam«, sagte er, »aber sind Sie nicht die Dame, die gestern mit meinem Wagen wegfuhr?«

»War das der mit der Plakette des heiligen Christophorus am Armaturenbrett?«

»Ja.«

»Dann werde ich es wohl gewesen sein. Steigen Sie ein, Harold.«

Harold beschloß, keine Erklärungen zu verlangen. Er öffnete die Tür und stieg ein.

»Aber wo ist er?« fragte Pater Finnegan leicht verwirrt.

»Wo ist wer?« fragte Maude.

»Mein Wagen? Wo haben Sie ihn gelassen?«

»Oh, den meinen Sie. Ich glaube, er steht vor dem Waisenhaus. Nein, das stimmt nicht, denn vor dem Museum für afrikanische Kunst hatte ich ihn noch. Sind Sie jemals dort gewesen, Pater? Oh, Sie würden begeistert sein. Es gibt dort herrliche bunte Schnitzereien. Primitiv natürlich, aber von höchst erotischer Ausstrahlung.«

Plötzliches Begreifen durchzuckte Pater Finne-

gan. »*Sie* haben die Statuen angemalt«, sagte er.
»O ja«, gab Maude unbekümmert zu. »Wie haben Sie Ihnen gefallen?«
»Genau darum geht es: überhaupt nicht!«
»Machen Sie sich deswegen keinen Kummer«, tröstete sie ihn und löst die Bremse, »ästhetisches Empfinden entwickelt sich nicht von heute auf morgen.
Auf Wiedersehen.«
»Warten Sie!« sagte Pater Finnegan, aber seine Stimme wurde vom Quietschen der Reifen und vom Aufheulen des Motors übertönt, als Maude das Gaspedal des Leichenwagens durchtrat und um die Kurve verschwand.
Harold rappelte sich vom Boden des Wagens auf und warf einen Blick aus dem Fenster. Die Grabsteine verschwammen zu einer undeutlichen grauen Masse.
Maude erreichte die Einfahrt des Friedhofs, und gleich darauf schoß der Wagen auf die Hauptstraße hinaus. Jetzt blieb Maude bei einer konstanten Geschwindigkeit von sechzig Meilen pro Stunde, lehnte sich zurück und entspannte sich.
»Was für eine Freude, daß ich Sie zufällig wiedergetroffen habe, Harold«, sagte sie. »In dem Augenblick, als ich Sie zum erstenmal sah, wußte ich, daß wir gute Freunde werden würden. Sie gehen oft zu Beerdigungen, nicht wahr?«

Harold klammerte sich mit einer Hand ans Armaturenbrett, mit der anderen an die Lehne seines Sitzes. »Ja«, antwortete er, ohne die Straße eine Sekunde aus den Augen zu lassen.

»Ich auch. Beerdigungen sind lustig, nicht wahr? Alles befindet sich im steten Wandel. Alles ist im Umbruch. Geburten und Beerdigungen. Vom Anfang zum Ende und vom Ende wieder zum Anfang, der große Kreislauf des Lebens.«

Sie bog unvermittelt nach links ein, womit sie einen entsetzten Volkswagenfahrer zwang, in einem lebensgefährlichen Manöver die Fahrspur zu wechseln.

»Diese alte Kiste fährt sich wirklich fabelhaft. Sind Sie schon mal mit einem Leichenwagen gefahren, Harold?«

Harold schluckte krampfhaft. »Ja«, sagte er mit erstickter Stimme.

»Für mich ist es eine völlig neue Erfahrung.«

Der Wagen raste über einen kleinen Hügel, was dazu führte, daß Harolds Kopf in Abständen gegen das Wagendach stieß, und dann riß Maude den Wagen wieder so plötzlich in eine Linkskurve, daß das Heck des Wagens gefährlich zu schlingern anfing.

»Keine gute Straßenlage in Kurven«, meinte Maude und trat das Gaspedal durch. »Soll ich Sie nach Hause bringen, Harold?«

Harold, der in der Kurve wieder halb vom Sitz gerutscht war, blickte zu ihr hoch und sagte zaghaft: »Aber das hier ist *mein* Wagen!«

»*Ihr* Leichenwagen?«

»*Jawohl!*«

Maude trat mit voller Kraft auf die Bremse, der Wagen rutschte über den Kies neben der Straße und kam zum Stehen. Eine Staubwolke hüllte ihn ein.

Maude schaute zu Harold hinunter: »Das ist ja ein Ding«, sagte sie. »Junge, Junge. Wenn das so ist, dann können Sie mich ja nach Hause fahren.«

Harold fuhr langsam und vorsichtig, während er Maude zuhörte, die ihm erklärte, nach welchem System sie sich fremde Autos aneignete.

»Nach seiner Entlassung aus der Haft bekam Big Sweeney einen Job in einer Druckerei, wo ich ihn kennenlernte. Wir wurden Freunde. Als er dann nach einer plötzlichen Erleuchtung in ein Kloster nach Tibet ging, schenkte er mir zum Abschied seinen Schlüsselbund. War das nicht reizend von ihm? Natürlich mußte ich die Schlüssel noch um einige ergänzen – Sie verstehen, wegen der neuen Modelle –, aber so viele waren es gar nicht. Wenn man einmal über die

Grundausstattung verfügt, muß man nur noch etwas variieren.«

»Wollen Sie damit sagen, daß dieser Schlüsselbund es Ihnen ermöglicht, jeden beliebigen Wagen zu öffnen und damit davonzufahren?«

»Nicht jeden Wagen. Ich liebe die Abwechslung. Ich mache immer wieder gern neue Erfahrungen, wie jetzt mit diesem Leichenwagen. Es hat mir großen Spaß gemacht, damit zu fahren.«

»Vielen Dank.«

»Bitte, bitte, keine Ursache. Oh, da drüben wohne ich.«

Harold hielt vor einer mit Schindeln verschalten Hütte, in deren Vorgarten ein Walnußbaum stand. Rechts und links davon standen noch andere alte Häuser auf großen Grundstücken, manche von ihnen mit Ställen oder Schuppen dahinter, aber auf der anderen Straßenseite und hügelabwärts war das Land stärker unterteilt. Die Häuser dort sahen alle ziemlich gleich aus, alle waren klein und primitiv und standen sehr nahe beieinander.

»Es sieht aus, als würde das Wetter besser«, sagte Maude, als sie aus dem Leichenwagen stieg. Harold machte die Tür hinter ihr zu. Er dachte immer noch darüber nach, mit welcher Unbekümmertheit Maude Autos stahl.

»Aber wenn Sie diese Wagen nehmen«, sagte er,

»haben Sie dann nicht das Gefühl, daß Sie den Eigentümern ein... äh... ein Unrecht zufügen?«
»Welchen Eigentümern, Harold? Nichts ist unser Eigentum. Wir sind hier nur auf der Durchreise. Wenn wir auf die Welt kommen, haben wir nichts, und wenn wir sie verlassen, haben wir auch nichts. Ist der Begriff des Eigentums da nicht ein wenig absurd? Ich frage mich, ob Post gekommen ist.«
Sie öffnete einen Holzkasten an der Veranda und nahm die Post heraus.
»Oh, schauen Sie. Schon wieder Bücher. Ich unterschreibe lediglich ihre Karten, und die Leute schicken mir unentwegt Bücher. Letzte Woche habe ich sogar eine Enzyklopädie in Holländisch bekommen. Würden Sie sie bitte für mich tragen, Harold?«
Harold nahm die Bücher, während Maude die Briefe durchsah.
»Das ist wirklich seltsam«, sagte sie. »Denn ich spreche nicht Holländisch. Deutsch, Französisch, Englisch, ein bißchen Spanisch, etwas Italienisch und ein paar Brocken Japanisch, aber kein Holländisch. Natürlich habe ich nichts gegen die Holländer. Ich finde, daß Königin Wilhelmina eine wunderbare Frau gewesen ist. Kommen Sie herein, Harold. Ich werde die Briefe später lesen.«

Harold trat hinter ihr ins Haus und legte die Bücher auf einen Tisch.

»Um noch einmal auf diese Schlüssel zurückzukommen«, begann er wieder, während Maude ihren Mantel und ihren Hut aufhängte. »Ich bin nach wie vor der Ansicht, daß die Leute, deren Wagen Sie nehmen, sich aufregen, wenn sie entdecken, daß ihre Autos verschwunden sind, und ich bin nicht sicher, daß das richtig ist, was Sie da tun.«

»Nun«, antwortete sie, »wenn manche Leute sich aufregen, weil sie glauben, etwas zu besitzen, dann frische ich auf diese Weise lediglich ihr Gedächtnis auf. Ich bringe es ihnen sozusagen schonend bei: Heute da, morgen vergangen, also hängen Sie Ihr Herz nicht an *Dinge*! Und unter diesem Aspekt habe ich nichts dagegen, Sachen zu sammeln. Schauen Sie sich doch um. Ich habe im Laufe meines Lebens eine ganze Menge Zeug gesammelt.«

Harold blickte sich in dem großen Wohnzimmer um und war verblüfft über die seltsame Zusammenstellung der Möbelstücke. Nicht zwei Stühle sahen gleich aus. Auf der Couch lag ein Perserteppich. An den Wänden hingen bunte Ölgemälde, ein kleiner Flügel stand in einer Ecke neben einer riesigen Schnitzerei aus hochpoliertem Holz, und am Kamin stand neben einem japanischen Wandschirm auf einer Bastmatte aus der Rinde des Maulbeerbaumes ein Samowar mit vertrockneten Blumen.

»Es ... es ist sehr ... interessant«, sagte Harold, zu verwirrt, um die richtigen Worte zu finden. »Eine große Vielfalt.«

»Ach, das sind alles Erinnerungsstücke, die ich aus Sentimentalität aufgehoben habe«, winkte Maude ab und trat ans Fenster. Irgendwie mit mir verbunden, aber keine wesentlichen Dinge, wenn Sie wissen, was ich meine. Oh, kommen Sie her und schauen Sie sich die Vögel an.«

Sie öffnete das Fenster und füllte eine kleine Blechdose mit Körnern. Dann löste sie einen Mechanismus aus, mit dessen Hilfe die Büchse einen Draht entlangsauste und die Körner auf eine kleine Plattform schüttete. Harold war fasziniert von dieser genialen Erfindung.

»Ist das nicht hübsch?« sagte Maude. »Das ist mein tägliches Ritual. Ich mag die kleinen Dinger so gern. Das ist das einzige, was ich von Tieren in der freien Natur noch sehe. Schauen Sie sie an: frei wie die Vögel.« Sie trug die leere Körnerbüchse in die Küche. »Eine Zeitlang hatte ich mal die Angewohnheit, in Tierhandlungen einzubrechen und die Kanarienvögel zu befreien, aber ich ließ es dann wieder: Die Zeit war wohl noch nicht reif dafür. Die Tiergärten sind voll, und die

Gefängnisse platzen aus allen Nähten. Meine Güte, daß die Menschen eine solche Vorliebe für Käfige haben!«

Sie schaute aus dem Fenster über dem Spülbekken. »Sehen Sie, Harold, das ist Madame Arouet bei der Gartenarbeit. Haaaaalo!«

Sie winkte einer schwarzgekleideten alten Frau zu, die fleißig in ihrem großen Gemüsebeet herumfuhrwerkte, aber die alte Frau reagierte nicht. Maude seufzte. »Sie ist wirklich reizend. Aber so altmodisch. Bitte nehmen Sie doch Platz, Harold. Ich werde den Kessel aufsetzen, und dann trinken wir eine schöne heiße Tasse Tee miteinander.«

»Das ist sehr nett«, sagte Harold, »aber ich muß mich jetzt wirklich verabschieden.«

»Es ist Haferstroh-Tee. Sie haben sicherlich noch nie Haferstroh-Tee getrunken, oder?«

»Nein.«

»Na also.« Sie lächelte und nahm den Kessel in die Hand.

»Nein, wirklich, ich kann nicht bleiben. Ich habe eine wichtige Verabredung.«

»Oh, mit dem Zahnarzt?«

»So ähnlich.«

»Nun, dann müssen Sie aber ein anderes Mal wiederkommen.«

»In Ordnung«, sagte Harold und ging zur Tür.

»Meine Tür ist immer offen.«
»In Ordnung.«
»Bis bald.«
»Okay.«
»Abgemacht?«
Harold drehte sich um und lächelte: »Abgemacht!«

Die Decke des Sprechzimmers von Dr. Harley war verputzt und weiß gestrichen. Für einen oberflächlichen Beobachter sieht sie wahrscheinlich glatt und uninteressant aus, dachte Harold.
»Harold!«
Aber bei aufmerksamer Betrachtung und nach einiger Zeit konnte man die handwerkliche Fertigkeit des Malers und Stukkateurs erkennen, so daß das, was vorher langweilig und alltäglich ausgesehen hatte, plötzlich faszinierend und eindrucksvoll erschien.
»Harold!«
Aus einer Lage Gips wurde plötzlich eine zerklüftete Wüste von Licht und Schatten, und ein unregelmäßiger Pinselstrich erinnerte an das Polarmeer.
»Sie hören anscheinend gar nicht zu, Harold, ich habe Sie gefragt, ob Sie Freunde haben?«
Harold brach seine Träumereien ab und konzen-

trierte sich auf die Frage. »Nein«, antwortete er.
»Überhaupt keine?«
Harold dachte nach. »Doch, vielleicht einen.«
»Möchten Sie gerne über diesen Freund sprechen?«
»Nein.«
»Kennt Ihre Mutter diesen Freund?«
»Nein.«
»Ist es ein Freund aus Ihrer Internatszeit?«
»Nein.«
»Aha.« Dr Harley fuhr sich mit der Hand über den Hinterkopf. Er beschloß, das Thema zu wechseln.
»Hat es Ihnen in der Schule gefallen?«
»Ja.«
»Mochten Sie Ihre Lehrer?«
»Ja.«
»Und Ihre Klassenkameraden?«
»Ja.«
»Und den Unterricht?«
»Ja.«
»Warum haben Sie die Schule denn dann verlassen?«
»Ich habe den Chemie-Bau niedergebrannt.«
Dr. Harley stand langsam auf und ging zum Fenster. Er fummelte an den Jalousien herum.
»Wir kommen heute nicht zusammen, Harold«, sagte er. »Ich spüre ganz deutlich, daß Sie heute

ganz besonders teilnahmslos sind. Es kommt einfach zu keiner Kommunikation. Nun, ich halte Sie für einen ausgesprochen interessanten Fall, Harold, einen, den ich gerne weiterbehandeln würde, aber Ihr Widerwillen gegen eine Zusammenarbeit mit mir wirkt dem psychoanalytischen Prozeß entgegen und kann die Chancen für eine wirkungsvolle Behandlung nur verringern. Verstehen Sie, was ich sagen will?«

»Ja«, sagte Harold.

»Ausgezeichnet.«

Dr. Harley setzte sich wieder hin.

»Sagen Sie mir eins, Harold, erinnern Sie sich überhaupt an Ihren Vater?«

»Nein«, sagte Harold und fügte hinzu: »Ich würde mich gern an ihn erinnern.«

»Wirklich? Warum?«

»Ich hätte gern mit ihm gesprochen.«

»Was würden Sie mit ihm besprechen, wenn er da wäre?«

»Ich weiß es nicht genau. Ich würde ihm meinen Leichenwagen zeigen und mein ganzes Zeug.«

»Was für Zeug?«

»Alles, was ich in meinem Zimmer habe – meine Werkbank, meinen Chemiekasten, meine Ausrüstung zum Aufhängen, mein Sauerstoffgerät fürs Ertrinken, meinen Poster vom *Phantom der Oper* – ich habe eine Menge Dinge.«

»Eine faszinierende Sammlung.«
»Nun«, sagte Harold nachdenklich, »die Sachen sind irgendwie mit mir verbunden, aber nicht wesentlich, wenn Sie verstehen, was ich meine.«

Harold trug die silberne Servierplatte in sein Zimmer und stellte sie auf seine Werkbank. Er nahm den Deckel ab und schaute auf seinen abgetrennten Kopf hinunter, der in einem See von getrocknetem Blut lag, in dem einzelne Petersilienstengel wuchsen. Die Ähnlichkeit war zweifellos verblüffend, und noch vor ein oder zwei Monaten hätte der Kopf seine Wirkung nicht verfehlt, aber inzwischen war das ganze doch wohl ein bißchen zu leicht durchschaubar.
Er hatte geplant, den Kopf als einen Teil des kalten Buffets zu servieren, sobald seine Mutter mit ihren Gästen von der Wohltätigkeitsaufführung der *Salome* zurückkäme, aber – so sagte er zu sich selbst – wie alle Strategen wissen, kann auch der beste Plan danebengehen, wenn der Feind die Taktik zu genau kennt.
Er nahm den Kopf und setzte ihn auf den Hals einer Schaufensterpuppe, die in voller Kleidung auf dem Rand seines Bettes saß. Der Kopf paßte nicht hundertprozentig, da der Zapfen im Hals der Puppe zu locker war. Harold ging zu seinem

Schrank und suchte seinen Werkzeugkasten. Er fand ein kleines Metzgerbeil, aber er konnte nirgendwo ein Stemmeisen oder einen Schraubenzieher entdecken. Mrs. Chasen klopfte an die Tür und trat gleich darauf ins Zimmer. Sie trug ein Abendkleid, hatte eine Pelzstola über dem Arm und einige IBM-Karten in der Hand.

»Hör zu, Harold«, sagte sie, wobei sie sich an die Puppe wandte, die auf Harolds Bett saß. »Ich habe hier die Karten von drei Mädchen, die der Computer für dich ausgesucht hat.«

Harold brach seine Suche nach einem geeigneten Werkzeug ab. Er stand, das Beil in der Hand, verdutzt hinter der offenen Schranktür und hörte zu.

»Ich habe die Mädchen angerufen und jede von ihnen eingeladen, damit sie erst einmal hier mit uns essen, bevor du mit ihnen ausgehst. Die erste kommt morgen um halb zwei. Wir werden uns in der Bibliothek unterhalten und um zwei Uhr zu Mittag essen. Hast du verstanden?«

Harold spähte durch eine Ritze in der Schranktür. Noch immer sprach seine Mutter mit der Puppe.

»Vor allem möchte ich, daß du dich wie ein Gentleman benimmst, Harold. Denk an deine gute Erziehung, und gib diesem Mädchen die Möglichkeit, sich hier wohl zu fühlen. Nun, ich gehe jetzt mit den Fergusons in die Oper«, sagte sie abschließend und legte die Stola um. »Ich hoffe nur, es gelingt ihnen, dein großes schwarzes Ungeheuer, das in der Einfahrt steht, ohne Schaden zu umschiffen. Es ist dir doch klar, daß du den Wagen in die Garage stellen könntest, wenn sie nicht mit Autoteilen und anderem unnützen Zeug vollgestopft wäre.«

Sie ging zur Tür. »Schau, Harold, ich lege die Lochkarten hierher.« Sie legte sie neben eine Flasche, in der sich einige Liter reinen Max-Factor-»Bluts« befanden. »Gütiger Himmel«, seufzte sie. »Was ist bloß aus dem schönen harmlosen Hobby geworden, Modellflugzeuge zu basteln?«

Unten klingelte es an der Haustür.

»Das sind sie«, sagte sie und wandte sich zum Gehen. »Ich werde...« Sie drehte sich noch einmal um und blickte die Puppe prüfend an.

»Du siehst ein bißchen blaß aus, mein Lieber«, sagte sie. »Geh früh schlafen. Schließlich willst du doch morgen besonders gut aussehen, oder?«

Sie ging und zog die Tür hinter sich zu.

Harold kam hinter der Schranktür hervor, trat an die Puppe heran und betrachtete sie genau. Dann schüttelte er den Kopf und ging zum Schrank zurück, um seine Suche nach dem Werkzeugkasten fortzusetzen.

Am nächsten Tag um fünf nach halb zwei ging

Mrs. Chasen zur Haustür, um die erste Computer-Braut ihres Sohnes zu empfangen, eine hübsche kleine, stupsnasige Studentin namens Candy.
»Hallo«, rief sie. »Ich bin Candy Gulf.«
»Herzlich willkommen«, sagte Mrs. Chasen. »Wollen Sie nicht eintreten?«
»Oh, vielen Dank.«
»Harold ist im Garten. Er muß jeden Augenblick kommen. Wollen wir inzwischen in die Bibliothek gehen?«
»O ja, sehr schön.«
»Soviel ich weiß, besuchen Sie die Universität, Candy«, sagte Mrs. Chasen, während sie die Halle durchquerten.
»Ja, so ist es.«
»Und was studieren Sie, wenn ich fragen darf.«
»Poli Wi mit Wirtschaftswissenschaft.«
»Poli *Wie?*« fragte Mrs. Chasen mit leicht dümmlichem Gesichtsausdruck.
»Politische Wissenschaften. Da lernt man alles, was so los ist in der Welt.«
»Aha, ich verstehe«, sagte Mrs. Chasen und öffnete die Tür zur Bibliothek. »Sehen Sie, da draußen ist Harold.« Sie winkte ihm zu, als er über den Rasen auf das Haus zukam.
Auch Candy winkte ihm zu. Harold sah die beiden und winkte zurück. Dann verschwand er hinter dem Geräteschuppen.

»Er scheint sehr nett zu sein«, bemerkte Candy.
»Ich finde, er *ist* nett«, sagte Mrs. Chasen freundlich. »Bitte nehmen Sie doch Platz.«
Candy setzte sich Mrs. Chasen gegenüber, die sich mit dem Rücken zur Verandatür niedergelassen hatte.
»Interessiert sich Harold für das, was täglich in der Welt passiert?« fragte Candy. »Ich finde, das Fach ist einfach super. Und in Reserve habe ich ja immer noch die Wirtschaftswissenschaft.«
»Ja«, sagte Mrs. Chasen etwas vage. »Das nenne ich gute Planung.«
»Nun, das ist mein Leben.«
»Sagen Sie mir eins, Candy: Sind Sie regelmäßig in diesem Computer-Club?«
»Lieber Himmel, nein!« antwortete sie kichernd. Sie schaute aus dem Fenster und betrachtete Harold, der gerade hinter dem Geräteschuppen hervorkam. Er hatte eine große Büchse in der Hand, die die Aufschrift »Kerosin« trug.
»Ich habe keinen Mangel an Verehrern«, fuhr sie fort. »Wissen Sie, die anderen Mädchen aus meiner Gruppe ... nun, wir beschlossen, daß eine von uns es versuchen sollte. Also ließen wir das Los entscheiden, und mich hat es getroffen!« Sie kicherte wieder, fügte dann aber schnell hinzu: »Aber ich freue mich darauf, Harold kennenzulernen.

Mrs. Chasen lächelte. Hinter ihr stand Harold auf dem Rasen und schüttete den ganzen Inhalt der Büchse über sich. Candy schaute ihm leicht verwirrt zu.

»Ich glaube, ich sollte erwähnen, daß Harold manchmal exzentrische Einfälle hat«, sagte Mrs. Chasen.

»O ja!« rief Candy, die endlich begriffen hatte. »Das ist schon okay. Ich habe einen Bruder, der ist auch ein lustiges Haus.«

Und sie kicherte, um ihren Kameradschaftsgeist zu dokumentieren.

»Wissen Sie, ich werde nie vergessen, wie wir diesen Fernsehapparat hatten, der nur aus der äußeren Hülle bestand. Tommy kroch dahinter und veranstaltete eine Nachrichtensendung für die ganze Familie. Wir haben uns fast krank gelacht. Und dann die Geschichte, wie der kleine Tommy vorgab, Walter Cronkite zu sein.«

Sie schaute wieder aus dem Fenster, und auf ihrem Gesicht malte sich jähes Entsetzen: Harold stand als lebende Fackel auf dem Rasen.

»Ja«, sagte Mrs. Chasen. »Ich bin überzeugt, daß das sehr lustig gewesen ist.«

Candy sprang auf und deutete nach draußen. »Har ... Har ... Harold!« kreischte sie.

Mrs. Chasen musterte sie leicht befremdet. »Ja, meine Liebe. Hier ist ja Harold.«

Er trat ein und nickte grüßend.
Candys Augen quollen aus den Höhlen. Dann wurde ihr ganzer Körper mit einemmal schlaff.
»Harold, mein Lieber, ich möchte dir Candy Gulf vorstellen.«
Harold streckte ihr die Hand entgegen.
Plötzlich wurde Candy von krampfhaften Schluchzern geschüttelt. Sie barg das Gesicht in den Händen und hörte nicht zu weinen auf, bis Mrs. Chasen ein Taxi für sie bestellt hatte.
»Ich verstehe das nicht«, sagte Mrs. Chasen, als sie neben Harold vor dem Haus stand und das Taxi davonfahren sah. »Es hatte irgend etwas mit einer Geschichte über Walter Cronkite zu tun.«

Am nächsten Morgen klopfte Harold an Maudes Tür. Sie war nicht eingeklinkt und gab nach.
»Jemand zu Hause?« rief er und trat ein.
Keine Antwort.
»Maude?« rief er.
Stille.
Er schaute sich im Zimmer um und sah sich dann einige der Dinge, auf die sein Blick fiel, näher an.
Über dem Kamin hing ein zusammengerollter beiger Regenschirm wie eine alte Trophäe. Sein Griff hatte die Form eines Gänsekopfes, aber

eines der eingelegten Augen fehlte, so daß der Eindruck entstand, als blinzle die Gans einem zu. Er ging zu den Wandschirmen hinüber. Dahinter befand sich ein um eine Stufe erhöhter Erker, der wie ein japanisches Eßzimmer mit Tatami-Matten ausgelegt war. Ketten aus Eicheln und kleinen Muscheln ersetzten die Schlafzimmertür. Er schob sie beiseite und warf einen kurzen Blick auf das mit Schnitzereien verzierte Himmelbett. Es sieht aus wie aus *Lohengrin*, dachte er mit einem Lächeln. Dann ging er zu den Fenstern hinüber.
An der Wand stand ein altes Grammophon. Daneben türmten sich Schallplatten. Ein Stück weiter dämmerte ein alter Fernsehapparat vor sich hin, aus dem man die Bildröhre entfernt hatte. Das Innere des Gehäuses diente nun als Aufbewahrungsort für ein Mikroskop, und oben drauf stand ein Teleskop, das auf das höherliegende Fenster gerichtet war.
In der Mitte des Zimmers stand neben der Couch auf einem Tisch eine seltsame kastenförmige Maschine. Harold betrachtete sie ganz genau, konnte jedoch nicht herausfinden, welchen Zweck sie erfüllte. Was sollten bloß die Lampen und Schalter und der Haufen leuchtend bunter Metallzylinder? Auch das Wort »Odorific«, das auf der einen Seite in verschnörkelter Schrift prangte, half ihm nicht weiter.

Er ging zu dem Flügel hinüber und betrachtete die Sammlung von silbernen Rahmen, die darauf stand. Wieder war er verblüfft: Die Rahmen waren alle leer! Sie enthielten weder ein gemaltes Bild noch eine Photographie. Harold zuckte die Achseln und stand eine Weile vor der riesigen hölzernen Skulptur. Der Lack glänzte im Morgenlicht, so daß der Eindruck entstand, als sei die Farbe flüssig und fließe durch die Kurven und Einbuchtungen. Unwillkürlich streckte er die Hand aus und ließ sie über die glatte Oberfläche gleiten. Ebenso plötzlich zog er sie jedoch zurück, denn er fand, daß er das nicht durfte. Er drehte sich um und trat in die Küche. Durch das Fenster sah er Madame Arouet bei der Gartenarbeit, und er ging zu ihr hinaus.

»Entschuldigen Sie bitte«, sagte er. »Haben Sie Maude gesehen?«

Sie hörte auf zu hacken und schaute unter ihrem weißen Strohhut hervor. Ihr faltiges Gesicht drückte müde Resignation aus, aber ihre dunklen, feuchten Augen musterten ihn aufmerksam.

»Maude«, sagte er. »Wissen Sie, wo sie ist?«

»Maude?« murmelte Madame Arouet mit stark französischem Akzent. Sie verstand ihn nicht.

»Ja«, sagte Harold geduldig, »Maude.«

»Ah! Maude!« Sie deutete auf ein scheunenartiges Gebäude, das ein Stück hügelaufwärts stand.

»Danke«, sagte Harold und rannte los. »Danke. Merci.« Und schon war er weg. Madame Arouet hob den Kopf und sah ihm nach. Eine seltsame Traurigkeit lag plötzlich auf ihrem Gesicht. Schließlich senkte sie den Kopf wieder und fuhr fort, ihre Steckrüben mit der Hacke zu bearbeiten. Harold erreichte das Gebäude und klopfte an die Tür. Sie war so dick, daß man ein »Herein« draußen gar nicht hören konnte, also öffnete er sie und trat ein. Das erste, was er sah, war ein riesiger Eisblock, der sich in der Mitte des Raumes befand. Auf einem Podest daneben war ein kleiner weißhaariger Mann eifrig damit beschäftigt, ihn zu bearbeiten. Überall lagen, standen und hingen Dinge herum, die darauf hindeuteten, daß es sich hier um das Atelier eines Bildhauers handelte – Dekorationsstoffe, alte Möbel, Gipsklumpen und einige Plastiken. Aber am meisten beeindruckten Harold die vielen Werkzeuge – hier gab es nicht nur Hämmer und Stemmeisen, sondern auch Schraubstöcke, Schraubenschlüssel und Motorsägen.

»Entschuldigen Sie«, sagte er, und dann erkannte er plötzlich, daß der alte Mann versuchte, aus dem Eis einen weiblichen Akt zu formen, und daß er immer wieder zu seinem Modell hinüberschaute, das in Venus-Pose dastand. Harold konnte die Umrisse des Körpers durch das Eis sehen. Das

Modell war nackt. Hastig wandte er sich zum Gehen.
»Was wünschen Sie?« fragte der Bildhauer und unterbrach seine Arbeit.
»Ich suche Maude«, antwortete Harold.
Das nackte Modell spähte hinter dem Eisblock hervor.
»Harold?« sagte sie glücklich.
»Maude???!«

In der Küche füllte Maude den Kessel und stellte ihn auf den Herd. Harold saß im Wohnzimmer und brütete vor sich hin.
»Der Tee ist gleich fertig«, sagte Maude. »Übrigens, wie geht es deinem Leichenwagen, Harold?«
Seit ihrer Begegnung bei dem Bildhauer duzte sie ihn.
»Oh, ausgezeichnet.«
»Er ist leicht zu fahren, nicht wahr?« Maude brachte Teegeschirr herein und begann, den Tisch zu decken.
»Entschuldige bitte, daß die Untertassen nicht zu den Tassen passen«, sagte sie.
Harold lehnte sich zurück. »Stehst du oft für Glaucus Modell?« fragte er leichthin.
»Himmel, nein!« sagte Maude. »Ich habe gar nicht die Zeit dazu. Aber ich bleibe gern in Übung,

und der arme Glaucus braucht ab und zu eine Auffrischung seiner Erinnerung an die Konturen des weiblichen Körpers.«

Sie stellte die Zuckerdose auf den Tisch und schaute Harold an.

»Hast du etwas dagegen?« fragte sie.

»Ich? Aber nein!« beteuerte Harold und schlug die Beine übereinander. »Natürlich nicht.«

Maude lächelte. »Wirklich nicht? Findest du es nicht richtig?«

Harold schaute zu ihr auf. Sie wollte die Wahrheit wissen. Er überlegte.

»Nein«, antwortete er und lächelte.

Maude erwiderte sein Lächeln. »Oh, ich bin glücklich, daß du das gesagt hast, denn ich möchte dir meine Bilder zeigen. Komm hier herüber. Ich nenne es *Der Raub der Sabinerinnen.* Wie findest du es?«

Harold betrachtete das große Ölgemälde. Im Stil erinnerte es etwas an Rubens, es war voller Feuer und Bewegung: Ein Haufen rosaroter Damen, die mit ihren Kleidern kämpften, die Entführer und ein paar sich aufbäumende Pferde.

»Es gefällt mir«, sagte er.

»Und das hier ist natürlich eine Darstellung von Leda mit dem Schwan.«

Harold schaute auf die Signatur in einer Ecke des Bildes.

»Aber das ...«

»Ja«, sagte Maude schüchtern. »Ich dachte, es sei wie geschaffen für ein Selbstporträt. Hier drüben ist mein Lieblingsbild. Es heißt *Regenbogen mit Ei darunter und ein Elefant*. Wie gefällt dir das?«

»Es ist sehr bunt. Sehr ... voll.«

»Danke. Es war mein letztes. Dann vernarrte ich mich in diese – meine ›Odorifics‹.«

Sie ging zu der kastenförmigen Maschine hinüber und befestigte einen kleinen Schlauch daran, an dessen Ende sich eine Art Sauerstoffmaske befand.

»Hast du schon mal davon gehört, Harold? Natürlich habe ich diesen hier selbst gebaut. Ein junger Sioux gab mir den Konstruktionsplan. Hier, halt das mal.«

Harold hielt die Maske, während Maude einige Knöpfe drückte und die Pumpe bediente.

»Ist dir schon einmal aufgefallen, daß die Kunst nie den Geruchssinn anspricht?« sagte sie. »Also wollen wir der armen zu kurz gekommenen Nase auch mal ein Vergnügen gönnen. Veranstalten wir eine kleine Orgie für die Riechzellen. Zuerst fing ich mit dem einfachsten an – Roastbeef, alte Bücher, frisch gemähtes Gras – dann ging ich zu diesen über.« Sie nahm die Metallzylinder in die Hand und las die Aufschriften: *Ein Abend im Maxim*, *Mexikanischer Bauernhof*. Hier ist einer, der dir sicher gefallen wird: *Schneefall in der Zweiundvierzigsten Straße.*« Sie nahm den Zylinder und schraubte ihn an den Kasten. Dann half sie Harold, die Maske richtig aufzusetzen.

»Fertig?« fragte sie und schaltete den Apparat ein. Die Lampen gingen an, und die Kolben begannen zu arbeiten. »Okay«, sagte sie. »Was riechst du?«

»U-Bahnen«, sagte er überrascht.

Maude grinste. »Weiter.«

»Parfum ... Zigaretten ... Kölnisch Wasser ...« Er wurde immer aufgeregter. »Teppich ... heiße Maroni ... *Schnee!*«

»O ja!« Maude lachte und schaltete die Maschine ab. »Man kann so viele Gerüche kombinieren, wie man will.«

»Das ist wirklich phantastisch!« schwärmte Harold. Er legte die Maske auf den Tisch. »Ich möchte wissen, ob ich auch so einen Apparat bauen könnte. Eigentlich liegt mir so was ja.«

»Oh, sicher könntest du das. Ich gebe dir die Maschine, und du kannst dir ansehen, wie sie funktioniert. Es ist sehr einfach. Vielleicht könntest du sie noch verbessern. Eigentlich wollte ich selbst noch daran herumbasteln – den Apparat zum abstrakten und frei assoziierten Riechen weiterentwickeln – aber dann beschloß ich, zum Tastsinn überzuwechseln.« Sie deutete auf die

hölzerne Skulptur. »Das ist mein Meisterstück.«
»Es sieht fabelhaft aus.«
»Nein«, sagte Maude. »Du mußt es *berühren.*« Sie machte es ihm vor. »Du mußt die Hände darübergleiten lassen, näher herantreten, die Hände richtig ausstrecken und *fühlen*. Versuch es.« Harold berührte scheu das Holz und ließ seine Hand über eine sinnliche Kurve gleiten.
»So ist's richtig. Na, was ist das für ein Gefühl?« In der Küche begann der Teekessel zu pfeifen.
»Oh, entschuldige mich einen Moment«, sagte Maude. »Ich hole den Tee. Mach weiter, Harold. Streichle das Holz, liebkose es, ergründe es.« Harold sah sie hinter der Küchentür verschwinden. Er wandte sich wieder der Skulptur zu und legte beide Hände fest auf die glatte Oberfläche. Er trat näher heran, und während er seine Hände bewegte, spürte er, wie schön sich das Holz anfaßte. Seine Hände wurden mutiger. Sie glitten um ein großes Loch herum, und einen Augenblick lang verspürte er den Drang, seinen Kopf hineinzustecken. Er unterdrückte den Impuls, aber es kostete ihn große Mühe. Er warf einen Blick über die Schulter in Richtung Küche: Maude summte eine Melodie, die Tür versperrte ihm die Sicht. Seine Hände fuhren fort, die Öffnung zu streicheln, und plötzlich steckte er den Kopf hinein, zog ihn aber sofort hastig wieder heraus und

trat zwei Schritte zurück. Er schaute sich um. Maude hantierte immer noch summend in der Küche herum. Niemand hatte ihn gesehen.
Maude brachte den Tee. »Da bin ich«, sagte sie. »Es gibt Haferstroh-Tee und Ingwerkuchen. Setz dich, Harold.«
»Das ist wirklich eine völlig neue Erfahrung für mich«, sagte er und rückte Maudes Stuhl zurecht, bevor er sich hinsetzte.
»Oh, danke Harold. Nun, mein Motto ist: versuche jeden Tag etwas Neues. Schließlich leben wir, um das Leben zu entdecken. Es dauert nicht ewig.«
»Du siehst aus, als könntest du ewig leben.«
»Ich? Haha! Habe ich dir erzählt, daß ich nächsten Samstag achtzig werde?«
»Du siehst nicht aus wie achtzig.«
»Das kommt von der richtigen Ernährung, der richtigen Gymnastik und der richtigen Atemtechnik. Man muß das Morgengrauen mit dem *Atem des Feuers* begrüßen.«
Sie lehnte sich in ihrem Sessel zurück und demonstrierte ihm den *Atem des Feuers* und danach *Das Gebell.* Nach dieser Vorstellung war sie ziemlich außer Atem.
»Natürlich«, sagte sie lachend und holte tief Luft, »besteht kein Zweifel, daß der Körper sich abnutzt. Ich bin schon tief im Herbst des Lebens

angelangt. Und nach dem kommenden Samstag werde ich meinen Körper ganz aufgeben müssen.«

Sie goß Tee in die Tassen und stellte die Kanne auf den Tisch.

»Das ist eine alte Kanne«, bemerkte Harold.

»Sterling-Silber«, sagte Maude wehmütig. »Sie gehörte meiner lieben Schwiegermutter. Sie stammt aus einem fünfzigteiligen Service. Ich bekam sie zugeschickt – sie ist eines der wenigen Stücke, die alles überstanden haben.« Ihre Stimme erstarb, und sie nippte geistesabwesend an ihrem Tee.

Harold schaute sie verdutzt an. Sie schien plötzlich ganz weit weg zu sein.

»Der Ingwerkuchen ist hervorragend«, sagte er, um das Schweigen zu brechen.

Maude blickte auf. »Wie bitte? Oh, danke Harold. Ich freue mich, daß er dir schmeckt. Ich habe ihn nach meinem eigenen Rezept gebacken. Wenn du willst, gebe ich es dir.«

»Oh, ich koche nicht.«

»Warum nicht?«

»Weil ich ... nun, Männer ... ich meine ...« Er machte eine Pause. »Ich weiß nicht warum«, gab er schließlich zu.

»Es macht aber großen Spaß. Versuch es doch mal mit einem Kuchen. Es ist, als machte man

Collagen aus alten Illustriertenphotos. Du hast die Zutaten, du mischst sie, und schon hast du etwas Neues geschaffen. Plötzlich bist du jemand. Du hast einen Kuchen gebacken.«

»Und du mußt ihn essen«, sagte Harold.

»Aber natürlich«, nickte Maude. »Man muß ihn essen, ja, man muß ihn mit jemandem teilen. Ich bin dafür, daß alle Welt Kuchen bäckt. Aber genug von mir. Erzähle mir etwas von dir. Was tust du, wenn du nicht auf Beerdigungen gehst, Harold?«

»Oh, alles mögliche«, sagte Harold und lächelte.

»Was zum Beispiel?«

»Ich werde es dir zeigen.«

Harold und Maude saßen auf der Motorhaube von Harolds Leichenwagen und beobachteten die Maschinen einer Baufirma, die auf der anderen Straßenseite ein Gebäude niederriß. An einem riesigen Kran war eine schwere Bleikugel befestigt, die – vom Arm des Kranes in Schwung gebracht – die Ziegelsteine und den Mörtel durchschlug, und ein gigantischer Bulldozer nahm die Trümmer auf und lud sie auf einem Lastwagen ab.

»Faszinierend«, sagte Maude laut, um sich trotz des Lärms verständlich zu machen. »Faszinierend.« Und sie starrte wie verzaubert auf das Schauspiel der Zerstörung.

»Danke«, sagte Harold. »Ich habe noch einen anderen Stammplatz.«

Von einem Hügel in der Nähe des Schrottplatzes aus beobachteten sie, wie eine riesige Klaue Wagen nach Wagen hochhob und in eine Presse fallen ließ, die sie nach beträchtlichem Getöse als kleine Schrottklumpen wieder ausspuckte.

»Das hat wirklich einen gewissen Reiz«, sagte Maude nach einer Weile. »Kein Zweifel. Das ist alles sehr aufregend.« Sie biß ein Stück von einer rohen Karotte ab. »Aber ich frage dich, Harold«, fuhr sie fort und kaute mit ernstem Gesicht, »ich frage dich: Ist es genug?«

»Was meinst du damit?«

Maude lächelte. »Komm mit. Ich werde es dir zeigen.«

Sie fuhren zu einem großen Gemüsefeld in die Nähe des Meeres und knieten sich zwischen die Reihen junger Kohlköpfe auf den Boden.

»Ich sehe die Dinge gerne wachsen«, sagte Maude. »Schau dir diese kleinen Schlingel an, Harold. Als ich das letzte Mal hier war, brachen sie gerade mit ihren winzigen grünen Köpfen aus der Erde hervor. Und wie groß sind sie inzwischen geworden! Schau dir die jungen Blätter einmal genau an.«

»Ja, ich sehe sie«, sagte Harold eifrig. »Sie sind noch ganz zusammengerollt und zart – wie die Hand eines Babys.«
»Wir sollten uns auch ein paar Babys anschauen.«
»Was?«
»Wir sollten einen Besuch in einer Entbindungsstation machen. Bist du jemals in einer gewesen?«
»Nein.«
»Oh, das macht viel Spaß. Vielleicht können wir heute nachmittag hinfahren.«
»Einverstanden.«
»Gut. Und jetzt fahren wir durch das Tal wieder hinauf und halten bei einer Blumenzucht. Bist du schon einmal auf einer Blumenfarm spazierengegangen?«
»Nein.«
»Oh, das ist ein Erlebnis. Blumen sind so freundlich.«
»Wirklich?«
»O ja!« sagte Maude. »Sie haben so viel Einfühlungsvermögen.«
Später, als sie zwischen den Blumen herumgingen, hielt sie ihm einen kleinen Vortrag.
»Sie wachsen und blühen und verwelken und sterben und verwandeln sich in etwas anderes. Schau dir diese Sonnenblumen an! Sind sie nicht wunderschön? Ich glaube, ich würde mich am liebsten in eine Sonnenblume verwandeln.«

»Warum?« fragte Harold.
»Sie sind so schlicht.« Sie lächelte scheu. »Und so groß.«
»Warum ist dir das wichtig?«
»Nun, ich wußte schon ziemlich früh, daß ich immer klein bleiben würde. Es war eine Enttäuschung, aber ich konnte nichts dagegen unternehmen – außer zu beschließen, daß mich das nicht daran hindern sollte, mein Leben zu genießen. Und das hat es auch nicht getan. Aber trotzdem glaube ich immer noch, daß es schön wäre, groß zu sein.« Sie lachte. »Aber wie ist es mit dir, Harold? Welche Blume wärst du gerne?«
Harold rieb sich die Nase. »Ich weiß es nicht«, sagte er. »Ich bin nur ein ganz durchschnittlicher Mensch.« Er deutete auf ein Feld mit Gänseblümchen, das bis zu den Hügeln reichte. »Vielleicht eins von denen.«
»Warum meinst du das?« fragte Maude ein wenig erstaunt.
»Ich glaube«, antwortete er still, »weil sie alle gleich sind.«
»Aber das stimmt doch gar nicht! Schau her!« Sie führte ihn zu einer Stelle, an der besonders viele Gänseblümchen beieinanderstanden.
»Siehst du? Einige sind kleiner, einige sind dikker, einige wachsen nach links und andere nach rechts, einigen fehlen sogar die Blütenblätter –

sie unterscheiden sich schon rein äußerlich alle voneinander – und dabei haben wir den biochemischen Aspekt noch ganz außer acht gelassen. Weißt du, Harold, sie sind wie die Japaner. Zuerst denkt man, daß sie alle gleich aussehen, aber wenn man sie erst einmal genau betrachtet, dann merkt man, daß es keinen gibt, der dem anderen völlig gleicht. Es ist wie hier bei diesem Gänseblümchen. Jeder Mensch ist anders, hat nie vorher existiert und wird nicht noch einmal existieren.« Sie pflückte es. »Ein Individuum.«

Sie lächelte, und sie standen beide auf.

»Nun, wir mögen vielleicht Individuen sein«, sagte Harold leicht melancholisch. »Aber«, fügte er hinzu und blickte über das Feld, »wir müssen miteinander aufwachsen.«

Maude schaute Harold an. »Das ist richtig«, murmelte sie. »Und doch glaube ich, daß ein Großteil der Sorgen auf der Erde daher rührt, daß viele Leute wissen, sie sind das hier« – sie streckte die Hand mit dem Gänseblümchen aus –, »sich jedoch als etwas anderes behandeln lassen.«

Sie blinzelte die Tränen zurück, die sich in ihren Augen bildeten, und blickte über die Tausende und aber Tausende von Gänseblümchen hin, die in der Nachmittagssonne leicht hin und her schwankten.

Zwei entsetzte Radfahrer zogen sich eiligst an den Straßenrand zurück, als das rote Kabriolett heranschoß und im Zickzack die Straße hinunterraste.

»Ha!« rief Maude, »Servolenkung!«

»Kannst du nicht langsamer fahren?« bat Harold. »Wir haben es doch nicht eilig.«

»Du hast recht«, sagte Maude und nahm den Fuß vom Gas. »Es geht immer wieder mit mir durch. Ich habe eigentlich gar nichts übrig für dieses Gerase, und ich danke dir, daß du mich darauf aufmerksam gemacht hast.« Sie lächelte ihm zu. »Es gibt ein chinesisches Sprichwort: ›Kein Mensch kann sich richtig sehen, wenn es ihm nicht gelingt, sich mit den Augen eines Freundes zu sehen.‹ Ich bin dir sehr dankbar, Harold.«

Harold erwiderte ihr Lächeln.

»Keine Ursache«, sagte er und schaute aus dem Fenster.

Als sie die Stadt erreichten, stieg Maude vor einem Stopschild wie wild auf die Bremse. Die Reifen quietschten. Und sie quietschten auch, als sie wieder anfuhr.

»Lieber Gott, Maude«, seufzte Harold. »Wie du mit Autos umgehst! Ich bin froh, daß wir nicht meinen Wagen genommen haben. Ich brächte es nie übers Herz, ihn so zu mißhandeln.«

»Ach, Harold, es ist doch nur eine Maschine. Sie

ist doch nicht lebendig wie ein Pferd oder ein Kamel. Wir leben vielleicht im Maschinenzeitalter, aber ich bringe es nicht fertig, diese mechanischen Hilfsmittel als gleichwertig zu behandeln. Natürlich«, fügte sie hinzu und schaltete das Radio ein, »hat dieses Zeitalter seine Vorteile.«
Laute Rock-Musik dröhnte aus dem Apparat. Maude klopfte im Takt auf das Lenkrad.
»Welche Musik magst du besonders, Harold?«
»Nun ...«
Plötzlich wendete Maude mitten auf der Strecke, fuhr quer über die Straße auf den Bürgersteig und riß einen Briefkasten um, bevor sie mit einem Ruck zum Stehen kam. Harold, der bei diesem Manöver gegen die Tür geschleudert worden war, versuchte die Orientierung wiederzufinden.
»Hast du das gesehen?« fragte Maude.
»Was?« fragte der immer noch völlig verwirrte Harold. »Was ist passiert?«
»Schau doch!«
»Was denn?«
»Da drüben, auf dem Rasen vor dem Verwaltungsgebäude.«
»Was ist denn da?«
»Sieh dir doch den armen Baum an. Komm mit.«
Sie stieg aus dem Wagen, gefolgt von einem reichlich verdutzten Harold, und ging mit energischen Schritten auf einen kleinen Baum zu.

»Er erstickt, Harold. Das ist der Smog. Menschen können damit leben, aber Bäume bekommen Asthma davon. Schau mal, die Blätter werden schon ganz braun. Der arme kleine Kerl. Harold, wir müssen ihm helfen.«

»Aber wie?«

»Wir werden ihn verpflanzen. In einen Wald.«

»Aber wir können ihn doch nicht einfach ausgraben.«

»Warum nicht?«

»Aber das hier ist öffentliches Eigentum.«

»Genau. Komm.«

»Warte. Glaubst du nicht, daß wir uns eine Schaufel beschaffen sollten. Und vielleicht einen Sack?«

»Ja, du hast recht. Wir werden zu Glaucus fahren. Komm.«

Sie drehte sich um und wollte zum Wagen zurück, aber Harold erwischte sie am Ärmel.

»Schau!« sagte er.

Zwei Polizisten waren aus dem Verwaltungsgebäude getreten und an dem Wagen stehengeblieben. Sie gingen langsam um ihn herum und machten sich Notizen.

»Das ist die Polizei«, sagte Maude unbekümmert. »Komm schon, das sind alte Freunde.«

Sie ging auf die beiden Männer zu, während Harold mit besorgter Miene hinter ihr her schlich.

»Guten Tag, Herr Wachtmeister. Gibt es Schwierigkeiten?«

»Jawohl, Madam«, antwortete der Polizist und tippte grüßend an den Rand seiner Mütze. »Irgend jemand hatte Schwierigkeiten beim Parken.«

»Nun, das Wenden war nicht so einfach.«

»Äh . . . ja«, sagte er etwas verständnislos.

»Sagen Sie mir eins«, bat Maude und deutete auf den Wagen, »ist er korrekt geparkt?«

»O ja. Durchaus.«

»Wunderbar. Danke schön.«

Sie wollte gehen, drehte sich aber dann noch einmal um. »Äh . . . Herr Wachtmeister, es wäre vielleicht gut, Sie würden das Radio abstellen, dann ist die Batterie nicht so schnell leer.« Sie lächelte ihm zu und ließ ihn stehen.

Der Polizist stellte das Radio ab. Er beobachtete, wie die kleine alte Dame einen Schlüsselbund aus der Tasche zog und die Wagentür aufschloß. Sie stieg ein und öffnete von innen dem reichlich nervös aussehenden Jungen die andere Tür.

»Nettes altes Mädchen«, sagte der zweite Polizist zu dem anderen, nachdem er seine Meldung über den umgefahrenen Briefkasten notiert hatte. »Sie erinnert mich an meine Groß . . .«

Der Rest des Satzes ging in dem Kreischen der Reifen und dem Röhren des Motors unter. Sie

blickten auf und sahen Maude losschießen, in den nächsten Gang schalten und schlingernd um eine Kurve verschwinden.
»Der Vergleich hinkt«, korrigierte sich der Polizist nach einem Moment. »Meine Großmutter hat das Schalten nie gelernt.«

Sie kamen erst nach Anbruch der Dunkelheit bei Glaucus an. Ein Gaslicht an der Wand war die einzige Lichtquelle, aber ein großer Heizofen arbeitete auf vollen Touren. Der Eisblock in der Mitte des Raumes war nur noch anderthalb Meter hoch und schmolz in der Hitze sichtbar dahin. Auf dem Podest in der Ecke, das mit Teppichen und Fellen bedeckt war, lag Glaucus laut schnarchend, eingemummt in einen Anorak und eine Jagdmütze, deren Seitenklappen er sich über die Ohren heruntergezogen hatte. Im Schlaf sah er viel kleiner und schmächtiger aus. In seinen behandschuhten Händen hielt er immer noch einen Holzhammer und einen Eispickel.
»Wir sind zu spät gekommen«, sagte Maude.
»Ist er krank?« fragte Harold.
»Er ist eingeschlafen, wie üblich.« Sie nahm ihm die Werkzeuge aus den Händen und begann ihm die Stiefel auszuziehen. »Na, macht nichts. Dann kommen wir eben morgen früh wieder her.«

Harold ging zu dem Eisblock hinüber. »Was soll denn das sein?« fragte er.

»Eine Eis-Skulptur. Venus – die Göttin der Liebe. Es ist sein unerfüllter Traum, sie zu Ende zu bringen.«

»Sie ist fast noch im Rohzustand«, sagte Harold und versuchte die Umrisse einer Gestalt zu erkennen.

»Er hat noch nie eine zu Ende gebracht. Schau dich um. Er besitzt alle erdenklichen Werkzeuge, aber der arme Kerl hat Schwierigkeiten, wach zu bleiben.« Sie wickelte einen Läufer um den Schlafenden und trat zu Harold.

»Schau«, sagte er, »das Eis schmilzt.«

»Ich weiß«, nickte Maude. Sie betrachtete es eine Weile. »Das ist eine der Schattenseiten dieses Materials.«

Harold saß in Maudes Wohnzimmer vor dem Feuer und beobachtete die Flammen, die von den Holzscheiten hochzüngelten.

»Einen kleinen Verdauungslikör?« fragte Maude und brachte eine Karaffe von der Anrichte herüber.

»Nein, ich trinke wirklich nicht.«

»Oh, das macht nichts. Das hier ist gesund.«

Sie goß ihm einen Schluck in ein Glas und gab es

ihm. Dann goß sie sich selbst ein und setzte sich ihm gegenüber in einen Sessel.

»Wir wollen einen Toast ausbringen, Harold«, sagte sie. »Auf dich. Wie die Iren sagen: ›Mag der Pfad gerade sein, weil deine Füße darauf gegangen sind.‹«

»Danke schön«, sagte Harold und nippte an seinem Glas. »Oh, das schmeckt gut.«

»Ich freue mich, daß du ihn magst.«

Er lächelte ihr zu.

Sie erwiderte sein Lächeln.

Er setzte sich in seinem Stuhl zurecht und deutete auf den Regenschirm über dem Kamin: »Was soll denn der da?«

»Oh, das ist ein altes Erinnerungsstück. Ich fand ihn, als ich meine Sachen packte, um nach Amerika auszuwandern. Früher habe ich ihn als Verteidigungswaffe gegen Streikposten, bei Versammlungen und Demonstrationen verwendet – wenn ich von der Polizei davongezerrt oder von den Strolchen von der Opposition angegriffen wurde.« Sie lachte. »Mein Gott, ist das schon lange her!«

»Wofür hast du denn gekämpft?« fragte Harold.

»Oh, für große Ziele. Für die Freiheit, das Recht, die Gerechtigkeit. Könige starben, und Königreiche wurden vernichtet – weißt du, um die Königreiche tut es mir nicht leid – ich sehe keinen

Sinn in Grenzen und Nationen und Vaterlandsliebe –, aber die Könige vermisse ich. Als ich noch ein kleines Mädchen war – in Wien war das –, da wurde ich einmal zu einer Gartenparty mit ins Schloß genommen. Ich sehe immer noch das Sonnenlicht auf den Springbrunnen, die Sonnenschirme und die schicken Uniformen der Offiziere. Damals war ich davon durchdrungen, einmal einen Soldaten zu heiraten.« Sie kicherte. »Meine Güte. Wie Frederic mich deswegen getadelt hat! Er war so ernst, so rechtschaffen und so stolz. Als Gelehrter an der Universität und als Beamter war er der Meinung, daß die Würde davon abhing, wie man seinen Hut trug. Und so lernten wir uns kennen. Ich schlug ihm den Hut herunter. Mit einem Schneeball, im Prater.« Sie lächelte in Erinnerung daran. »Aber das war alles ...«, sie starrte in die Flammen, »... vorher.«

Als Harold sie jetzt ansah, erschien sie ihm plötzlich sehr klein und zerbrechlich. Er wußte nicht, was er sagen sollte, und fühlte sich sehr unsicher.

»Du benutzt den Regenschirm also nicht mehr?« fragte er, um die Stille zu durchbrechen.

Sie blickte zu ihm herüber. »Nein«, sagte sie leise. »Nicht mehr.«

»Keine Revolten mehr?«

»O doch!« widersprach Maude lebhaft und war

auf einmal wieder sie selbst. »Jeden Tag. Aber ich brauche keine Verteidigungswaffe mehr. Ich arbeite jetzt mit Umarmungen! Ich kämpfe immer noch für große Ziele, aber jetzt auf meine eigene Weise, mit meinen unbedeutenden Mitteln.« Sie lächelte. »Wie wär's mit einem Lied, Harold?«

»Nun, äh ... ich weiß nicht.«

»Ach, komm doch«, sagte Maude und ging zum Klavier hinüber. »Sag mir bloß nicht, daß du nicht singen kannst. Jeder Mensch kann singen.« Sie setzte sich auf den Klavierhocker und sang ein kleines Liedchen, das begann:

»Das Zwitschern des Rotkehlchens ist das
Lied des Morgens,
Die Nachtigall singt ihr Lied zur Nacht,
Das Lied des Pfaus ist totgeboren,
Aber der Kuck-kuck-kuckuck
singt den lieben langen Tag!«

Als sie zu Ende gesungen hatte, lachte Harold und klatschte begeistert Beifall.

»Wie heißt das Lied?« fragte er.

»Es hat keinen Titel, ich habe es selbst geschrieben.«

»Es gefällt mir.«

»Das ist schön. Spielen wir gemeinsam.«

»Aber ich spiele kein Instrument.«

Maude hob den Kopf. »Kein Instrument! Du

lieber Gott! Wer um Himmels willen kümmert sich denn um deine Erziehung? Jeder sollte in der Lage sein, auf irgendeine Weise Musik zu machen. Musik ist die gemeinsame Sprache der Menschheit. Sie ist Rhythmus, Harmonie, der kosmische Tanz. Komm mit.«

Sie ging ins Schlafzimmer und öffnete einen großen Schrank, in dem sich alle Arten von Instrumenten befanden – Blasinstrumente, Saiteninstrumente, Trommeln, Tamburine. Sie wühlte eine Weile herum und zog schließlich ein Banjo heraus. »Das ist genau das richtige«, sagte sie zufrieden. »Also, du hältst es so und legst deine Finger so auf die Saiten.«

Sie zeigte ihm ein paar Akkorde, und dann gingen sie ins Wohnzimmer zurück.

»Und denk immer daran«, sagte Maude und setzte sich wieder ans Klavier, »laß deiner Phantasie freien Lauf. Laß die Musik so frei aus dir herausströmen, als würdest du etwas erzählen.«

»Okay.«

»Also dann, von Anfang an.«

Mit einem verspielten Prélude begann sie das Lied und sang den Text, während Harold sie unbeholfen begleitete. Es gelang ihm, ihr Tempo mitzuhalten, und sie endeten gemeinsam.

»Aber der Kuck-kuck-kuckuck-
trotz seiner eintönigen Melodie, juhu,

der Kuck-kuck-kuck,
singt er den lieben langen Tag.«

Harold schaute sie an, er strahlte vor Freude.

»Okay?« fragte er.

Maude pfiff anerkennend. »Phantastisch!« sagte sie.

Nach dem Frühstück saß Harold am Swimmingpool und übte. Er spielte Maudes Lied immer und immer wieder, aber nie war er mit sich zufrieden. Seine ungeübten Finger verpatzten immer wieder die Akkorde, und die Melodie war praktisch nicht zu erkennen.

»Harold!« erklang die Stimme seiner Mutter von der Terrasse. »Harold!« Er versteckte das Banjo hinter einem Busch.

»Ah, da bist du ja«, sagte Mrs. Chasen und kam durch den Rosengarten auf ihn zu. »Ich habe eine wundervolle Überraschung für dich. Ein kleines Geschenk, über das du dich bestimmt sehr freuen wirst. Komm mit.«

Harold folgte seiner Mutter zu den Garagen.

»Da!« sagte Mrs. Chasen und begleitete dieses eine Wort mit einer großen Geste. »Ist er nicht entzückend?«

Sie deutete auf einen nagelneuen grünen Jaguar XKE.

»Er ist für dich, Liebling. Ich habe dieses schwarze Ungeheuer wegschaffen lassen und dir diesen dafür gekauft. Er ist doch viel hübscher, findest du nicht? Und er paßt so viel besser zu dir.«

Harold wollte etwas sagen.

»Oh, eins hätte ich fast vergessen«, begann seine Mutter von neuem. »Ich habe mit deiner zweiten Computer-Braut telefoniert. Sie scheint eine sehr nette, sehr ruhige junge Dame zu sein – auf keinen Fall so hysterisch wie die erste. Sie kommt morgen nachmittag hierher, und ich dachte, wir könnten vielleicht gemeinsam in der Bibliothek Kaffee trinken. Bitte, Harold, wir wollen unser Bestes tun, damit sie sich bei uns wohl fühlt, ja? Auf Wiedersehen, mein Lieber. Ich muß zum Friseur.« Sie warf einen letzten Blick auf den XKE. »Ein hübscher kleiner Schlitten, nicht wahr? Ich finde ihn jedenfalls entzückend.«

Harold stand eine Weile wie versteinert da und starrte sein neues Auto an. Dann ging er in die Garage. Er zog seine Jacke aus und kam mit einem großen Schneidbrenner wieder heraus. Er betrachtete den Wagen und überlegte kurz. Dann zündete er den Schneidbrenner an und setzte die große Schutzbrille auf.

Maude betrat Glaucus' Studio. »Guten Morgen«, sagte sie.

Glaucus, angezogen wie im Herbst, bearbeitete glücklich einen neuen, fast zwei Meter hohen Eisblock.

»Kommen Sie 'rein, kommen Sie 'rein!« rief er, ohne sich umzudrehen. Er kratzte mit einer großzügigen Bewegung einmal mit einem Metallöffel über das Eis und trat etwas zurück, um sein Werk zu begutachten.

»Haben Sie Harold gesehen?« fragte Maude.

»Einen Augenblick«, sagte Glaucus und ritzte erneut in das Eis. Diesmal war er zufrieden und sprang von seinem Podest herunter.

»Ah, Madame M. Herzlich willkommen«, rief er und küßte ihr die Hand. »Wie Odysseus seinerzeit zu Penelope sagte ...«

»Entschuldige, daß ich zu spät komme«, sagte Harold, der in diesem Moment leicht außer Atem zur Tür hereingestürzt kam.

Glaucus schaute auf. »Eine ziemlich freie Übersetzung, aber nichtsdestoweniger richtig. Seien auch Sie herzlich willkommen, mein schmächtiger junger Freund.«

»Guten Morgen«, sagte Harold. »Hallo, Maude.«

»Hallo, Harold. Bereit für die Umpflanzung?«

»Nun, ich bin bereit. Du auch?«

»Aha«, sagte Glaucus und klopfte ihm kräftig

auf den Rücken. »Der Geist von Agamemnon und der Mut von Achilles! Kommen Sie her, mein Junge. Und jetzt«, bat er mit einer Geste zu dem Eisblock hin, »sagen Sie mir, was Sie sehen.«

Harold schaute angestrengt. »Einen Eisblock«, sagte er wahrheitsgemäß.

»Genau! Und jetzt fragen Sie mich, was ich sehe.«

»Was sehen Sie?«

»Ich sehe die unsterbliche Göttin der Schönheit und Liebe. Ich sehe Aphrodite, die vollendete Frau, voller Wärme und zu Feuer – erstarrt.« Er nahm einen kleinen Luftdruckbohrer zur Hand und rief: »Und ich bin es, der dich befreien wird!«

Indem er wie ein Wilder auf das Eis losging, grub er eine tiefe Kerbe in den Block und trat wieder einmal zurück, um sein Werk zu begutachten. Er wischte sich den Schweiß von der Stirn.

»Jeden Morgen wird mir ein neuer Eisblock geliefert. Jeden Abend werden meine Augen müde, meine Hände schwer, und ich sinke in Morpheus' Arme – während meine Göttin, erst halb geboren, zerschmilzt – ungesehen, unbesungen, unbekannt.«

Er hielt inne, überwältigt von seinen Gefühlen.

»Können wir uns eine Schaufel von Ihnen borgen?« fragte Maude freundlich.
»Warten Sie!« rief Glaucus. »Lassen Sie mich nachdenken. Brauche ich heute eine Schaufel? Nein! Ich brauche eine Lötlampe.« Er nahm die Lötlampe zur Hand und sagte: »Nehmen Sie sich die Schaufel, die Sie am besten gebrauchen können. Es ist mir eine Freude, Ihnen behilflich zu sein.«
»Vielen Dank«, sagte Maude und nahm eine Schaufel. »Bis später. Komm, Harold.«
»Auf Wiedersehen, Glaucus«, sagte Harold, und die beiden gingen.
»Adieu!« rief Glaucus geistesabwesend. »Adieu, meine Freunde.«
Er zündete die Lötlampe an und näherte sich dem Eisblock.
»Wo immer er sich auch hinwandte, die Göttin leuchtete ihm voran«, zitierte er und fügte in ehrerbietigem Flüsterton hinzu: »Homer.«

Maude saß am Steuer des Kleinlasters und fuhr mit gleichbleibender Geschwindigkeit den Highway entlang. Sie schaute zu Harold hinüber.
Harold lächelte. »So weit, so gut«, sagte er und schaute durch das Rückfenster auf den kleinen Baum, der aufrecht auf der Ladefläche stand.

»Wie geht es dem Patienten?« fragte Maude.
»Dem Baum geht es gut«, sagte Harold. »Aber der Polizist sieht irgendwie verärgert aus.«
»Welcher Polizist?«
»Der uns folgt«, antwortete Harold verdrießlich.
Der Polizist brachte sein Motorrad auf gleiche Höhe mit Maude und gab ihr ein Zeichen, an den Straßenrand zu fahren. Er stellte sein Motorrad ab und kam zu Maudes Fenster.
»Lady«, sagte er kühl, »Sie sind auf einer Strecke, auf der fünfundvierzig Meilen als Höchstgeschwindigkeit erlaubt sind, siebzig gefahren. Könnte ich bitte Ihre Lizenz sehen?«
»Sicherlich«, sagte Maude. »Das Nummernschild ist an der vorderen Stoßstange.«
»Nein«, sagte der Polizist geduldig, »ich möchte Ihre Lizenz sehen.«
»Oh, Sie meinen diesen kleinen Papierfetzen mit dem Bild drin?«
»Ja.«
»Oh, so was habe ich nicht.«
»Wie bitte?«
»Ich habe keine Lizenz. Ich halte nichts davon.«
Der Polizist schaute auf seine Schuhe, dann glitt sein Blick die Straße hinunter und verlor sich in der Ferne. Er setzte seine Sonnenbrille zurecht.

»Wie lange sind Sie schon gefahren?« fragte er.
»Etwa fünfundvierzig Minuten, oder was meinst du, Harold? Wir hatten gehofft, eher losfahren zu können, aber wissen Sie, es ist sehr schwierig, einen Lastwagen aufzutreiben.«
»Kann ich mal den Kraftfahrzeugschein sehen?«
»Ich glaube, wir haben gar keinen. Es sei denn, er ist im Handschuhfach. Würdest du mal bitte nachsehen, Harold?«
»Ist das denn nicht Ihr Wagen?«
»Aber nein, ich habe ihn mir gerade vorhin genommen.«
»Genommen?«
»Ja. Wissen Sie, ich muß meinen Baum einpflanzen.«
»Ihren Baum?«
»Nun, in Wirklichkeit ist es gar nicht mein Baum. Ich habe ihn aus der Wiese vor einem Verwaltungsgebäude ausgegraben. Wir wollen ihn umpflanzen. Damit er atmen kann, wissen Sie. Natürlich würden wir ihn gern so schnell wie möglich wieder in die Erde bringen.«
Der Polizist rückte seinen Pistolengürtel zurecht und kratzte sich an der Nase.
»Lady«, sagte er langsam, »das muß ich notieren.«
»In Ordnung«, sagte Maude und ließ den Motor an. »Und wir werden auch nicht weiter Ihre

kostbare Zeit in Anspruch nehmen.« Sie schaltete in den ersten Gang. »Es war nett, sich mit Ihnen zu unterhalten«, rief sie ihm zu, und dann ließ sie den Motor aufröhren und startete mit einem Ruck.

Der Polizist fuhr herum, als der Lastwagen an ihm vorbeiraste. Einen Augenblick stand er wie angenagelt da. Dann lief er zu seinem Motorrad, stieg auf und gab Gas.

»Ich glaube, er folgt uns«, sagte Harold beunruhigt.

»Tut er das?« fragte Maude fröhlich. »Ist das seine Sirene? Meine Güte, wie gerne diese Erwachsenen spielen! Na, denn los.«

Sie schaltete und trat das Gaspedal durch. Auf ihrer rasenden Fahrt den Highway hinunter überholte sie andere Autos und wechselte immer wieder unvermittelt die Fahrspur.

Der Polizist und sein Motorrad blieben dicht hinter ihr, die Sirene heulte wie eine Seele in der Hölle. Plötzlich bog Maude scharf nach links ein, und der Lastwagen beschrieb mit kreischenden Reifen einen Halbkreis. Dann raste sie den Weg wieder zurück, den sie gekommen waren, und sie begegneten dem Polizisten, der immer noch in der ursprünglichen Richtung fuhr. Die anderen Wagen zogen sich hastig an den Straßenrand zurück, um nicht von dem Lastwagen überrollt zu werden. Indessen hatte auch der Polizist gewendet und raste hinter Maude und Harold her. Sofort wendete Maude ein zweites Mal und schoß in der ursprünglichen Richtung davon. Dieses Manöver kam für den Polizisten völlig unerwartet. Er versuchte ihr zu folgen, aber der Verkehr war inzwischen zu einem solchen Chaos geworden, daß es kein Durchkommen mehr gab. Er überholte einen herankommenden Ford, holperte über die Bankette, die halbe Böschung hinunter und kam schließlich schlitternd im Straßengraben zum Stehen.

Harold drehte sich wieder nach vorn, schaute aus der Windschutzscheibe und räusperte sich. »Er hat angehalten«, berichtete er.

Maude lachte und verringerte die Geschwindigkeit. »Ach ja«, sagte sie. »Diese Doppelwende bewährt sich jedesmal.«

Sie fuhren weiter den Highway entlang und bogen schließlich in die Straße zum National Forest ein.

Sie hatten ihr Werk vollendet, der Baum stand jetzt auf einer hübschen Lichtung, und Maude klopfte noch die Erde rund um den Stamm fest. »Das wär's«, sagte Maude und stand auf. »Ich glaube, er wird sich hier sehr wohl fühlen.«

»Es ist ein hübscher Platz«, nickte Harold und stützte sich auf die Schaufel. »Hier hat er guten Boden.«

»Ja, da hast du recht. Ich fasse gerne Erde an. Du nicht auch? Und ich liebe den Geruch. ›Die Erde ist mein Körper. Mein Kopf ist bei den Sternen.‹« Sie lachte. »Von wem ist das?«

»Ich weiß es nicht.«

»Ich glaube, von mir«, sagte Maude und lachte wieder. »Na, dann Wiedersehen, kleiner Baum. Wachse hoch in den Himmel, wandle dich und falle, um wieder zu Erde zu werden. Ist das nicht wundervoll, Harold? Überall um uns ist Leben! Komm, ich will dir etwas zeigen.«

Sie führte ihn einen Pfad entlang, bis sie zu einer großen Kiefer kamen.

»Na, ist das ein Baum?!«

»Er ist sehr hoch.«

»Warte, bis du die Aussicht von da oben bewundern kannst.«

»Aber du willst doch nicht etwa da hinaufklettern?«

»Sicher will ich das. Das tue ich jedesmal, wenn ich hierherkomme. Los, Harold. Man kommt ganz leicht hinauf.«

»Aber wenn du ’runterfällst, was dann?«

Maude war bereits auf dem Weg nach oben. »Daran denke ich überhaupt nicht«, rief sie. »Das ist eine Überlegung, die nichts einbringt, es lohnt nicht, sich darüber Sorgen zu machen.«

Sie schaute auf Harold herunter. »Kommst du nach, oder soll ich dir erzählen, was ich sehe?«

Harold schüttelte den Kopf. »Okay«, sagte er und begann, ihr nachzuklettern. Sie kletterten bis in eine Höhe von etwa vierundzwanzig Metern. Es war nicht schwierig, aber als er Maude immer höher hinauf folgte, spürte er mit Unbehagen, wie der Baum im Wind hin und her schwankte.

»Da sind wir, Harold«, sagte Maude. »Wie auf einem Hochsitz! Und wir haben ihn ganz für uns allein.«

Sie setzte sich auf einen Ast und rutschte ein wenig zur Seite, um Harold Platz zu machen. Er kletterte zu ihr hinauf und setzte sich neben sie, wobei er sich fest an den Stamm klammerte.

»Ist das nicht einfach zauberhaft?« fragte Maude und schaute über den Wald hin, der bis zu den fernen Bergen reichte.

»Ja«, nickte Harold zaghaft. »Es ist sehr hoch.«

»Stell dir das vor! Wir sind hier, in den Armen eines lebendigen Riesen und schauen über Millionen anderer Riesen hinweg – und wir sind ein Teil davon.«

»Man kann kaum atmen«, sagte Harold. »Und windig ist es auch.«

»Ja. Wir sollten die Segel setzen und uns zum Horizont aufmachen. Wäre das nicht lustig? Früher bin ich schrecklich gerne gesegelt. Am wohlsten fühlte ich mich, wenn kein Land mehr zu sehen war und wir ganz allein waren, nur umgeben von der weiten, flachen See. Dann spannten wir den Wind vor unser Boot und durchschnitten die Wellen wie eine Galeone auf Entdeckungsfahrt.«

»Wann war denn das?«

»Oh, in den zwanziger Jahren, wir fuhren um Südfrankreich herum und kreuzten vor der Normandie. Ich erinnere mich, daß das damals Mißfallen erregte. Es wurde als leichtsinnig oder gefährlich oder als ungehörig bezeichnet – jedenfalls wurde einer dieser Ausdrücke verwendet, die die Angsthasen benützen, um die Abenteurer in ihr Schlepptau zu nehmen. Aber wir werden sie mit uns mitziehen, nicht wahr, Harold? Wir werden sie an unser Boot binden.«

»Du könntest das«, sagte Harold. »Aber was mich betrifft, so bin ich dessen nicht so sicher.«

»Was meinst du damit?«

Der Wind ließ nach. Harold lockerte seinen Klammergriff von dem Baumstamm. »Nun«, sagte er, »die meisten Menschen sind nicht wie du. Sie sind in sich selbst eingesperrt. Sie leben allein in ihren Schlössern. Sie sind wie ich.«

»Nun, jeder lebt in seinem eigenen Schloß«, sagte Maude. »Aber das zwingt einen noch lange nicht dazu, die Zugbrücke immer oben zu lassen und nicht auszugehen.«

Harold lächelte. »Aber du stimmst mir darin zu, daß wir allein leben. Und wir sterben auch allein. Jeder in seiner eigenen Zelle.«

Maude schaute über die Wipfel der Bäume hinweg in die Ferne. »Wahrscheinlich. In gewissem Sinne. Und deshalb müssen wir sie so hübsch wie möglich einrichten – mit guten Büchern, warmen Kaminfeuern und Erinnerungen. Aber andererseits kannst du auch jederzeit über die Mauer klettern und unter freiem Himmel schlafen.«

»Vielleicht«, sagte Harold. »Aber das erfordert Mut.«

»Warum?«

»Nun, hast du denn keine Angst?«

»Wovor denn? Das Bekannte kenne ich, und das Unbekannte würde ich gerne erforschen. Außerdem habe ich Freunde.«

»Wen denn?«

»Die Menschheit.«

Harold lächelte. »Das sind wirklich viele Freunde. Woher weißt du, daß sie auch alle freundschaftlich gesinnt sind?«

»Nun, wie ich die Sache sehe, sind wir alle mehr

oder weniger gleich, und es besteht lediglich das Problem, uns unter einen Hut zu bringen. Einmal im Orient hörte ich eine Geschichte von zwei Architekten, die sich gemeinsam zu Buddha aufmachten. Sie hatten sich finanziell übernommen und hofften, daß Buddha ihnen helfen würde. ›Nun, ich werde tun, was ich kann‹, sagte Buddha, und er machte sich auf, um die Werke der beiden zu begutachten. Der erste Architekt baute eine Brücke, und Buddha war beeindruckt. ›Das ist eine sehr gute Brücke‹, sagte er und begann zu beten. Plötzlich erschien ein großer weißer Stier, und er trug genügend Gold auf seinem Rücken, um eine Fertigstellung der Brücke zu ermöglichen. ›Nimm es‹, sagte Buddha. ›Und baue noch mehr Brücken.‹ Und so ging der erste Architekt überglücklich von dannen. Der zweite Architekt baute eine Mauer, und als Buddha sie sah, war er genauso beeindruckt wie von der Brücke. ›Das ist eine sehr gute Mauer‹, sagte er und begann wieder zu beten. Plötzlich erschien der heilige Stier, trabte zu dem zweiten Architekten hinüber und setzte sich auf ihn.«

Harold brach in so schallendes Gelächter aus, daß er beinahe vom Baum gefallen wäre. »O Maude«, rief er außer Atem, »das hast du dir gerade ausgedacht, stimmt's?«

»Nun«, sagte Maude ebenfalls lachend. »Es ist

die Wahrheit. Die Welt braucht keine Mauern. Aber wir müssen alle viel mehr Brücken bauen!«

Am Spätnachmittag fuhren sie nach Hause. Sie nahmen den gleichen Weg wie auf der Hinfahrt. Maude ließ den Wagen mit ihrer gewohnten Geschwindigkeit die Straßen entlangrasen und erzählte Harold vergnügt von Kinderspielen und wie sie Frederic beigebracht hatte, mit Murmeln zu spielen, als sich beide nach dem »Anschluß« versteckt hielten. Weder sie noch Harold bemerkte den Polizisten mit dem Motorrad, der einem Wagen, der am Straßenrand parkte, einen Strafzettel unter den Scheibenwischer steckte.

»Was ist mit deinem Mann passiert?« fragte Harold.

»Er wurde gefangengenommen«, sagte sie. »Und erschossen. Auf der Flucht. Jedenfalls wurde es mir später so erzählt. Ich nehme an, die wahre Geschichte werde ich nie erfahren.«

»War das in Frankreich oder in Australien?«

Maude konnte nicht mehr antworten. Der Polizist brachte sein Motorrad mit rotierendem Blaulicht und heulender Sirene auf gleiche Höhe mit ihrem Lastwagen und bedeutete ihr heftig gestikulierend, am Straßenrand anzuhalten. Sie befolgte die Anordnung, und er stellte sein Motorrad hinter dem Laster ab. Mit großen Schritten kam er heran.

»Okay, Lady«, sagte er. »Aussteigen!«
»Hallo«, sagte Maude, die ihn nicht genau wiedererkannte. »Sind wir uns nicht schon einmal begegnet?«
»Lassen Sie das! Aussteigen, meine Dame.« Er öffnete die Tür.
»Oh, dann muß es Ihr Bruder gewesen sein.«
»'raus!«
Maude gehorchte. »Aber eine gewisse Familienähnlichkeit besteht auf alle Fälle«, beharrte sie.
»Sie auch, Bürschchen«, sagte der Polizist zu Harold. »Kommen sie hier 'rüber.«
Harold befolgte den Befehl und stellte sich neben Maude. Der Polizist rückte seinen Pistolengürtel zurecht und nahm sein Notizbuch heraus.
»Sie stecken ganz schön in der Patsche. Ich habe hier eine ganze Latte von Vergehen, deren Sie sich schuldig gemacht haben: Fahren mit überhöhter Geschwindigkeit, Widerstand gegen die Staatsgewalt, Fahren ohne Führerschein, Fahren mit einem gestohlenen Wagen, Besitz eines gestohlenen Baumes – wo ist der Baum übrigens?«
»Wir haben ihn eingepflanzt«, sagte Maude.
Der Polizist starrte sie durch seine Sonnenbrille drohend an. Er schaute auf die Ladefläche des Lastwagens. »Ist das Ihre Schaufel?«
»Nein«, sagte Maude.

Der Polizist warf die Schaufel wieder zurück. »Besitz einer gestohlenen Schaufel«, notierte er.

»Herr Wachtmeister«, sagte Maude. »Ich kann Ihnen das alles erklären. Wissen Sie ...«

»Sie scheinen sich über Ihre Lage nicht im klaren zu sein. Widerstand gegen eine Festnahme ist ein ernstes kriminelles Vergehen. Strafgesetzbuch, Absatz 48, Paragraph 10 ...«

»Oh, werden Sie bloß nicht dienstlich«, unterbrach ihn Maude. »Das steht Ihnen gar nicht. Aber das ist wohl der Fluch einer Anstellung beim Staat.«

Der Polizist starrte sie eine Weile entgeistert an. Dann richtete er sich auf.

»Lady«, sagte er geduldig, »stimmt es, daß Sie ohne Führerschein fahren?«

»Stimmt«, sagte Maude ebenso geduldig.

»Und ist dieser Laster auf Ihren Namen eingetragen?«

»Aber nein.«

»Auf welchen Namen läuft er denn dann?«

»Ich weiß es nicht. Weißt du es vielleicht, Harold?«

Harold wußte es nicht.

»Wo sind die Papiere?« fragte der Polizist.

»Ich nehme an, sie sind im Wagen. Äh ... werden Sie mit diesen Fragen noch viel Zeit vergeuden?«

»Warten Sie hier«, sagte der Polizist und kletterte in den Wagen.
»Wenn Sie nämlich noch länger ...«
»Lady, halten Sie um Himmels willen endlich den Mund!«
Der Polizist öffnete das Handschuhfach und begann die Papiere durchzusehen. Plötzlich hörte er, wie ein Motor angelassen wurde. Er schaute hoch. Maude saß auf dem Motorrad, ließ die Maschine heulen und winkte Harold, hinter ihr aufzusteigen.
»Hol die Schaufel!« rief sie.
Harold zögerte. Der Polizist sprang aus dem Wagen. Harold packte die Schaufel, stieg auf das Motorrad, und Maude raste, eine Staubwolke hinter sich lassend, davon.
Der Polizist riß seine Pistole heraus. »Halt! Halt, oder ich schieße!« schrie er.
Er schoß ein paarmal hinter ihnen her.
Maude beantwortete diese Maßnahme, indem sie im Zickzack fuhr, um den Kugeln auszuweichen.
»Das ist wie beim Widerstand«, rief sie Harold zu, der zusammengekauert auf dem Beifahrersitz hockte.
Der Polizist sah sie hinter dem Hügel verschwinden. Er rannte zu dem Lastwagen zurück und stieg ein, um loszufahren. Eine Sekunde später trommelte er in ohnmächtiger Wut auf das Ar-

maturenbrett: Maude hatte die Schlüssel mitgenommen.

Es war schon früher Abend, als Maude vor Glaucus' Studio hielt. Harold half ihr von dem Motorrad herunter.
»Liebe Güte, auf diesen Dingern ist es ganz schön kalt«, sagte sie und lachte. »Aber Spaß macht es trotzdem!«
»Was wirst du damit machen?« fragte Harold.
»Ich weiß es nicht. Morgen gehe ich zum Hafen hinunter, um mich von ein paar Freunden zu verabschieden. Möchtest du mitkommen?«
»Das ist sehr lieb, aber ich kann nicht. Ich muß an meinem Wagen arbeiten. Aber vielleicht können wir uns übermorgen treffen.«
»Ausgezeichnet«, strahlte Maude. »Dann machen wir ein Picknick.«
Sie öffnete die Tür, und sie traten ins Studio.
Der alte Glaucus kämpfte, eingemummt in seine dicksten Wintersachen, verzweifelt gegen die Müdigkeit an. Er taumelte auf den immer kleiner werdenden Eisblock zu, hob den schweren Hammer und den Meißel und brachte einen Schlag an. Er drehte sich um und schlurfte zurück, um sich seine Tat aus der Entfernung anzusehen. Während dieser ganzen Zeit murmelte

er Zitatfetzen von Homer vor sich hin, um sich aufzumuntern und wachzuhalten.
»›Den bitteren Kelch Fortunas bis zur Neige leeren ...‹ – Ilias. ... Fast fertig. ... Ich muß es schaffen. ... Ich werde es schaffen. ... Befreie die Liebe. ... Befreie sie.«
»Guten Abend, Glaucus«, sagte Maude.
»Wir haben Ihre Schaufel zurückgebracht«, sagte Harold.
Glaucus schaute sie verständnislos an. »Schaufel? ›Fache das Feuer an bis einer fällt, umschlungen von der Kälte des Grabes!‹ Entschuldigt, ich muß es hier wärmer machen.« Er schlurfte zum Heizkörper hinüber und drehte ihn voll auf.
Dann trat er wieder zu seinem Eisblock. »Schaffe ein Kunstwerk.« Er seufzte. »›Wahrlich, diese Werke liegen im Schoß der Götter.‹« Er sank in einen Sessel. »Will mich nur eine Minute ausruhen«, murmelte er. »Werde nicht mal die Augen schließen.«
Harold schaute sich den Eisblock an. »Ich glaube, ich sehe es«, sagte er zu Maude.
»Ja«, stimmte sie zu, »er hat es fast geschafft.«
Glaucus stand auf, seine Augen waren nur noch Schlitze. Er schlurfte an seinen Platz und fuhr mit seinen Werkzeugen ein paarmal durch die Luft. »Ja«, murmelte er, »Nicht aufgeben ... Fast fertig ... Fast vollbracht.« Er ging zu seiner

großen Couch hinüber und ließ sich darauf nieder. »Nur eine kleine Pause. ... Nicht lange. ... Dann, noch einmal den Hügel hinauf ...« Seine Stimme erstarb, und der Kopf fiel nach vorn auf seine Brust. Er begann zu schnarchen.

»Ich glaube, er schläft«, flüsterte Harold.

»Aha! Morpheus!« rief Glaucus und schrak mit wildem Blick hoch. »Ich werde ... ich werde niemals ...« Seine Augen schlossen sich wieder. »Werde es schaffen ... werde es schaffen ... schaffen .. « Er fiel auf die Couch zurück und sank in die Kissen. Es war vorüber. Er war eingeschlafen.

Harold nahm ihm die Werkzeuge aus den Händen, und Maude legte ihn zurecht, machte seine Stiefel auf und deckte ihn mit einem Läufer zu.

Im Gehen warf Harold einen letzten Blick auf die Eis-Skulptur.

»Sie schmilzt«, sagte er.

»Ja«, sagte Maude.

»Meinst du nicht, wir sollten die Heizung etwas kleiner stellen?«

»Warum?« fragte Maude. »Morgen früh wird ein neuer Eisblock geliefert.«

Maude beschloß, an diesem Abend in japanischem Stil zu speisen. Sie gab Harold einen Kimono und zog selbst auch einen an. Es war ein wunderschönes Stück (»Ein Geschenk von einem Verehrer«, sagte sie), aus blauer und weißer Seide, das in den Farben genau zu ihren Augen und Haaren paßte. Auf den Rücken war ein freundlich aussehender Drache gestickt. Sie aßen bei Kerzenlicht in dem japanischen Erker, und danach erzählte sie Harold, wie sie sich nach dem Ersten Weltkrieg während der vielen Reisen mit Frederic in den Orient verliebt hatte. Die Eindrücke dort hatten, wie sie gestand, einen großen Einfluß auf ihr Leben gehabt. Sie zündete ihre Wasserpfeife an.

Harold legte sich in die Kissen zurück und überdachte den vergangenen Tag.

»Ich mag Glaucus«, sagte er schließlich.

»Ja«, sagte Maude und paffte gemütlich vor sich hin, »ich auch. Aber ich glaube, er ist ein bißchen ... altmodisch.« Sie deutete auf die Wasserpfeife. »Möchtest du mal ziehen, Harold?«

»Äh ... ich rauche überhaupt nicht.«

»Oh, das hier hat nichts mit Tabak zu tun. Es ist eine Mischung aus Gras und Mohnsamen.«

»Aber ich habe noch nie so ein ...«

»Das ist schon in Ordnung«, sagte Maude und gab ihm den Schlauch hinüber. »Das ist nicht schädlich, ist ja nur aus natürlichen Stoffen.«

Harold nahm den dünnen Schlauch und inhalierte. Er lächelte. »Allmählich scheine ich dem Laster zu verfallen«, sagte er.

»Laster? Tugend? Es ist am besten, nicht allzu moralisch zu sein. Man bringt sich dadurch um so vieles im Leben. Steck dir ein Ziel, das über der Moral liegt. Wie Konfuzius sagte: ›Sei nicht einfach nur ein guter Mensch. Sorge dafür, daß Gutes geschieht.‹«

»Hat Konfuzius das wirklich gesagt?«

»Nun ...« Maude lächelte, »es heißt, daß er sehr weise war, und deshalb bin ich sicher, daß er es gesagt hat.«

Harold schaute sie bewundernd an. »Und du bist der weiseste Mensch, den ich kenne«, sagte er.

»Ich!« Maude lachte. »Ha! Wenn ich mich umsehe, dann weiß ich, daß ich nichts weiß. Aber ich erinnere mich, daß wir vor langer Zeit einmal einen weisen Mann in einem persischen Bazar sahen. Er hatte einen gesunden Geschäftssinn und verkaufte sein Wissen und seine Weisheit an jeden, der bereit war, dafür zu bezahlen. Seine Spezialität für Touristen war eine Sentenz, die auf einem Stecknadelkopf eingraviert war – ›Die weisesten, die wahrsten, die lehrreichsten Worte für alle Menschen aller Zeiten‹, sagte er. Frederic kaufte mir eine solche Nadel, und im Hotel betrachtete ich meinen Schatz durch ein Vergrößerungsglas und las, was auf dem Stecknadelkopf stand: ›Und auch dieses wird vergehen.‹«

Maude lachte. »Und der weise Mann hatte recht. Wenn man sich diesen Satz immer vor Augen hält, dann ist man geradezu gezwungen, sein Leben in vollen Zügen zu genießen.«

Harold saugte nachdenklich an der Pfeife. »Ja«, sagte er schließlich traurig. »Ich habe bisher nicht gelebt.« Er atmete tief. Dann kicherte er plötzlich. »Aber ich bin schon ein paarmal gestorben!«

»Wie war das?« fragte Maude erstaunt.

»Gestorben«, wiederholte Harold vergnügt. »Siebzehnmal, abgesehen von den mißlungenen Versuchen.« Er kicherte schrill, offensichtlich tat die Wasserpfeife ihre Wirkung. »Einmal schoß ich mir mit einer Spielzeugpistole, die ich mit einer Blutkugel geladen hatte, in den Kopf.«

»Geradezu genial!« rief Maude begeistert. »Erzähl mir mehr darüber!«

»Nun, es ist eine Frage des Timings und der richtigen Ausrüstung ... willst du wirklich, daß ich dir davon erzähle?«

»Natürlich.«

Harold grinste. »Okay«, sagte er und beugte sich vor. »Das erstemal«, begann er eifrig, »war nicht einmal geplant. Ich war im Internat, und alles war mit den Vorbereitungen für die Hundertjahrfeier beschäftigt. Die Feuerwerkskörper wurden in einem Raum im Westflügel gelagert, der sich unter dem Chemiesaal befand. Ich war gerade dabei, den Chemiesaal sauberzumachen und beschloß, ein bißchen zu experimentieren. Ich suchte das ganze Zeug zusammen und begann, alles zu markscheiden. Ich ging sehr wissenschaftlich an die Sache heran. Dann plötzlich gab es ein lautes, zischendes Geräusch, und ein Zeug, das aussah wie weißer Porridge, quoll aus dem Becherglas und lief den Tisch entlang und auf den Fußboden. Da nahm ich den Wasserschlauch.«

Harold stand auf, um die Situation zu demonstrieren.

»Ich drehte ihn an, um das Zeug damit ins Waschbecken zu spülen. Plötzlich gab es eine gewaltige Explosion. Der Tisch zerbrach, im Fußboden klaffte ein Loch, und ich wurde gegen die Wand geschleudert. Alles war voller Qualm, und es stank gottserbärmlich. Ich stand auf. Ich war halb betäubt. Und dann gingen die Feuerwerkskörper los. Durch den Fußboden schossen Flammen herauf, und plötzlich flogen Raketen und Feuerräder durch den Raum. Feuerbälle hüpften herum und versengten meine Haare. Ich konnte die Tür nicht erreichen. Aber hinter mir war die alte Wäscherutsche, also glitt ich darauf in den Keller hinunter. Als ich ins Freie kam, stand schon das ganze Dach des Gebäudes in Flammen. Es war das perfekte Inferno. Sirenen heulten, und Menschen liefen durcheinander. Du lieber Himmel, was für ein Chaos! Und so beschloß ich, das Internat zu verlassen.«

Er setzte sich neben Maude und strich sich die Haare aus der Stirn. »Als ich zu Hause ankam, gab meine Mutter gerade eine Party, also schlich ich mich über die Hintertreppe zu meinem Zimmer hinauf. Dann klingelte es an der Haustür. Die Polizei. Ich beugte mich über das Treppengeländer und hörte, daß die Beamten meiner Mutter mitteilten, ich sei bei einem Unfall in der Schule ums Leben gekommen. Ich konnte ihr Gesicht nicht sehen, aber sie schaute die Leute um sich herum an und begann zu schwanken.«

Leise fuhr Harold fort zu erzählen, und Tränen stiegen ihm in die Augen. »Sie legte eine Hand an die Stirn. Die andere streckte sie aus, als suche sie Halt. Zwei Männer eilten an ihre Seite und dann – mit einem langen leisen Seufzer – brach sie in ihren Armen zusammen.«

Er schwieg eine ganze Weile.

»In diesem Augenblick«, fuhr er schließlich feierlich fort, »kam ich zu dem Schluß, daß es mir Freude machte, tot zu sein.«

Maude schwieg eine ganze Weile. Und dann

sagte sie ruhig: »Ja, ich verstehe das. Viele Leute genießen es, tot zu sein. Aber sie sind nicht wirklich tot. Sie weichen nur dem Leben aus. Sie sind Spieler, aber sie glauben, das Leben sei nur ein Trainingsspiel und es sei besser, sich für später zu schonen. Also sitzen sie auf der Ersatzbank, und die einzige Meisterschaft, die sie je erleben werden, rollt vor ihren Augen ab. Die Viertelstunden verrinnen. Sie können sich jederzeit beteiligen.«

Maude sprang auf und feuerte die imaginäre Mannschaft an: »Los, Jungs, los! Vorwärts! Nutzt die Chance! Vielleicht werdet ihr verletzt. Aber das macht nichts, spielt so gut ihr könnt!« Und als sei sie in einem überfüllten Stadion mit begeisterten Zuschauern schrie sie: »Los, Leute, los! Gebt mir ein L! Gebt mir ein E! Und ein B! Und ein T! L-E-B-T! LEBT!«

Sie setzte sich wieder neben Harold, jetzt ganz damenhaft und gefaßt. »Sonst«, klärte sie ihn auf, »hat man im Umkleideraum kein Gesprächsthema.«

Harold lächelte. »Ich mag dich, Maude«, sagte er.

Maude erwiderte sein Lächeln. »Ich mag dich auch, Harold. Komm, ich werde dir beibringen, wie man Walzer tanzt.«

Sie gab ihm die Hand, und gemeinsam gingen sie

zu dem alten Grammophon hinüber. Maude setzte es in Betrieb, und die schwungvollen Melodien von Strauß füllten den Raum. Den Saum des Kimonos in der Hand, streckte sie die Arme aus. Er legte einen Arm um ihre Taille und nahm ihre Hand in seine. Er schaute auf sie hinunter und grinste: Sie reichte ihm nicht einmal ganz bis zur Schulter. Sie zählte im Rhythmus mit und begann dann zu tanzen. Auf ihrem Gesicht lag ein verträumtes Lächeln. Er glich sich ihrem Schritt an, und schon nach ganz kurzer Zeit tanzten sie richtig miteinander – immer im Kreis in dem kerzenerleuchteten Zimmer. Sie wirbelten herum wie ein unermüdliches, unbekümmertes Liebespaar in einem Wiener Café.

Mrs. Chasen begrüßte Harolds zweite Computer-Braut auf der vorderen Veranda. »Sie müssen Edith Phern sein«, sagte sie zu dem Mädchen mit Brille und kurzgeschnittenen roten Haaren.

»Ja, das bin ich.«

»Ich bin Mrs. Chasen, Harolds Mutter. Harold ist draußen bei der Garage. Am besten holen wir ihn ab.«

»Gut«, sagte Edith und ließ ihre Handtasche fallen. Der gesamte Inhalt rollte über den Boden.

Mrs. Chasen wartete, bis sie alles wieder eingesammelt hatte, und dann gingen sie gemeinsam um das Haus herum zur Garage.

»Harold hat einen neuen Wagen«, erzählte Mrs. Chasen. »Er hat ihn frisiert. Er ist sehr begabt für so etwas.«

»Oh«, sagte Edith. »Was für ein Wagen ist es denn?«

»Ein kleiner Jaguar Sport«, erklärte Mrs. Chasen. Sie bogen um die Hausecke, als Harold dem neuen Wagen gerade den letzten Schliff gab.

Das Erscheinungsbild des Jaguar hatte sich etwas verändert: Sein Heck war jetzt eckig wie bei einem Kombiwagen, sein Rückfenster bestand aus Milchglas, in das ein Kranz aus Farnkräutern eingeschliffen war, und der ganze Wagen war auf Schwarz umgespritzt worden, abgesehen von den geschmackvollen Chromleisten vorne und an den Seiten und natürlich abgesehen von den dunkelroten Samtvorhängen.

»Er ist sehr hübsch«, sagte Edith freundlich. »Sieht aus wie ein Leichenwagen.«

Mrs. Chasen biß die Zähne zusammen und lächelte gequält.

Harold schaute sie mit harmlosem Augenaufschlag an.

»Sehr originell«, fügte Edith hinzu.

Trotz des Schlages, den der Anblick dieses Mini-

Leichenwagens ihr versetzt hatte, gelang es Mrs. Chasen, gelassen zu erscheinen. »Edith«, sagte sie heiter, »ich möchte Ihnen gern meinen Sohn Harold vorstellen. Harold, das ist Edith – wie war doch gleich Ihr Nachname?«

»Phern«, sagte Edith. »Ich freue mich sehr, Ihre Bekanntschaft zu machen.«

Harold nickte.

»Harold, Lieber«, sagte Mrs. Chasen, »ich glaube, du solltest dir die Hände waschen. Und dann komm doch bitte zu uns in die Bibliothek. Und vergiß nicht, was ich dir gesagt habe. Wir wollen, daß Edith sich bei uns wohl fühlt.«

Mrs. Chasen hatte sich diesmal für ein kleines kaltes Buffet in der Bibliothek entschieden. Während sie auf Harold warteten, bot sie Edith Sandwiches an und schenkte ihr Kaffee ein. Edith breitete die Serviette über ihre Knie und balancierte den Teller darauf. Sie war etwas nervös, überspielte das jedoch, indem sie zu allem freundlich lächelte.

Mrs. Chasen gab ihr eine Tasse Kaffee. »Und was tun Sie so, meine Liebe?« fragte sie.

»Ich bin in der Registratur. Bei Harrisons Futter und Saatgut.«

»Oh, wie interessant.«

»Ja, es ist sehr aufregend.«

Sie nippten an ihrem Kaffee.

Edith lächelte.
»Nun erzählen Sie mir mal genauer, was Sie da tun«, fragte Mrs. Chasen, um das Gespräch wieder in Gang zu bringen.
»Ich bin verantwortlich für alle Rechnungen, die für den Südwesten hinausgehen. Wir versorgen zum Beispiel die meisten Hühnerfarmen in Pataluma. Jetzt können Sie sich vielleicht vorstellen, was das für eine Arbeit macht!« Sie kicherte vertraulich und nippte wieder an ihrem Kaffee.
»Mmm, ja«, meinte Mrs. Chasen.
Sie lächelte Edith an.
Edith lächelte zurück.
»Oh, da ist Harold ja schon«, sagte Mrs. Chasen, als er eintrat.
Edith versuchte aufzustehen, um ihn zu begrüßen.
»Bitte bleiben Sie sitzen, Edith«, bat Mrs. Chasen.
Edith blieb sitzen. Harold setzte sich zwischen die beiden Frauen und lehnte sich mit einem Arm auf einen kleinen Tisch. Edith lächelte ihn an, und er lächelte zurück.
»Edith erzählte mir gerade von ihrer Arbeit«, berichtete Mrs. Chasen und goß Harold Kaffee ein.
»Ich bin in der Registratur beschäftigt.«
»Ja, Henderson Futter und Saatgut.«

»Nein, Harrison«, korrigierte Edith gutmütig. »Ecke Hamilton und Vierte. Ich bin verantwortlich für alle Rechnungen ...«
Sie lächelte.
Mrs. Chasen reichte Harold seine Kaffeetasse. Er stellte sie auf das Tischchen neben sich.
»Und ich schreibe die Fahrpläne für die Lastwagenkolonne.«
»Sie versorgt den ganzen Südwesten mit Hühnerfutter«, berichtete Mrs. Chasen leicht ironisch.
»Nun, es ist nicht der ganze Südwesten«, gab Edith mit einem bescheidenen Kichern zu. »Obwohl unser Betrieb wirklich sehr groß ist. Gerste ging letzte Woche ganz fabelhaft. Fünfzehnhundert Scheffel ...«
Harold zog ein großes Fleischerbeil aus seinem Jackett, holte aus und schlug sich die linke Hand am Gelenk ab. Das Beil blieb in der Tischplatte stecken, und als er den Stumpf hob, tropfte Blut von der Plastikhand.
Mrs. Chasen war erstaunt. Sie starrte Harold wütend an und schüttelte mißbilligend den Kopf. Edith, die verzweifelt um Fassung rang, stellte ihre Kaffeetasse ab. Sie stand auf. Sie lächelte. »Ich glaube, ich werde jetzt besser ...«, war alles, was sie noch sagen konnte, bevor sie ohnmächtig unter dem Kaffeetisch landete.

Harold warf seiner Mutter einen Blick zu.
Sie schaute sprachlos von dem reglos daliegenden Mädchen zu ihm auf. Das einzige, woran sie in diesem Augenblick denken konnte, waren die Worte ihres Bruders Victor: »Ich würde ihn in die Armee stecken, Helen.«

Harold saß am Steuer seines Jaguars und erklärte Maude, auf welche Weise er den »Umbau« bewerkstelligt hatte.
»Das Heck eines Datsun-Kombis paßte genau, und nach den Schweißarbeiten baute ich das Dach eines schwarzen Maugahyde oben drauf. Dann ging es nur noch um Kleinigkeiten – Chromleisten von einem Ford Thunderbird, Fenster, Vorhänge und natürlich die schwarze Farbe.«
»Es scheint alles wunderbar geklappt zu haben«, stellte Maud fest.
»Ja, ich glaube, er gefällt mir noch besser als mein alter.«
»Ja? Warum denn das?«
»Wahrscheinlich, weil ich selbst so viel daran gemacht habe. Ich habe ihn nicht nur umgebaut, sondern auch die Maschine auf Trab gebracht. Sie läuft fabelhaft. Ich bastle gern an Autos herum.«

»Ich kannte mal einen Mann, der bastelte auch gerne an Autos herum. Er war Deutscher, sehr sympathisch, aber er verbrachte seine ganze Zeit damit, Autos herzurichten und Motoren zu frisieren. Dann kam der Krieg, und er mußte seinen Wagen abgeben. Überall mußte er zu Fuß hingehen, und plötzlich stellte er fest, daß er nun die Zeit damit verbrachte, seinen Körper auf Vordermann zu bringen. Er trimmte ihn, und er lief wunderbar. Nach dem Krieg beschloß er, nicht wieder zu seinem alten Hobby zurückzukehren. ›Autos kommen und gehen‹, pflegte er nun zu sagen, ›aber der Körper ist das Transportmittel fürs ganze Leben.‹«

Harold warf Maude einen Blick zu. »Willst du mir mit dieser Geschichte irgend etwas Bestimmtes andeuten?« fragte er.

Maude lächelte. »Du hast's erraten.«

Sie fuhren über die Hügel, auf denen Kühe in der Sonne grasten, und ließen sich schließlich zum Picknick neben einer einzelnen Eiche auf einem großen Weidegelände nieder.

Sie aßen Brot, Käse, Obst und tranken Wein.

»Möchtest du vielleicht ein Stückchen Lakritze, Harold?« fragte Maude anschließend. »Sie hat zwar keinen Nährwert, aber schließlich ist Konsequenz nicht gerade die hervorstechendste Eigenschaft der Menschheit.«

Harold nahm ein Stück und legte sich mit hinter dem Kopf verschränkten Händen auf den Rükken. Maude lehnte sich an den Baumstamm und öffnete ihre Tasche. Sie nahm ihre Klöppelarbeit heraus und machte sich eifrig ans Werk.

»Schau dir den Himmel an«, sagte Harold kauend. »Er ist so weit.«

»Und so blau.«

»Hinter dem Blau liegt die unendliche Schwärze des Alls.«

»Ja, aber sie ist gesprenkelt mit ungezählten Sternen. Sie leuchten auch jetzt. Wir können sie nur nicht sehen. Ich glaube, das ist auch etwas, was jenseits des menschlichen Begreifens liegt.«

»Maude«, sagte Harold nach einer Weile, »bist du religiös?«

»Was meinst du damit?«

»Glaubst du an Gott?«

»O ja. Das tut doch jeder.«

»Meinst du?«

»Absolut. Tief im Innern. Es ist ein Teil des Menschseins.«

»Na gut. Wer glaubst du ist Gott?«

»Oh, er hat viele Namen. Brahma, Tao, Jupiter. Und für die Anhänger der Metaphysik ist er Der Anfang, Die Einzige Wirklichkeit oder die Ewige Wurzel allen Lebens. Mir gefällt die Definition aus dem Koran am besten: ›Gott ist die Liebe.‹«

Harold schnitt eine Grimasse. »Das steht in der Bibel«, korrigierte er, »aber es ist sowieso nur ein Klischee.«

»Nun, was heute ein Klischee ist, kann morgen schon eine Tiefgründigkeit sein. Und umgekehrt.« Sie unterbrach ihre Handarbeit. »Ist das nicht hübsch? Ich habe es erst letztes Jahr gelernt.«

»Maude, betest du?«

»Nun, wir sind in Verbindung.«

»Auf welche Weise?«

»Auf viele Arten. Durch das Leben. Durch die Liebe. Verschiedene Bewußtseinsarten erfordern verschiedene Kommunikationsebenen. Die Sprache ist nicht die einzige Verständigungsmöglichkeit.«

Harold lächelte. »Ja«, sagte er. »Es gibt auch noch den Walzer.«

»Richtig«, nickte Maude. »Man tanzt um der Anmut willen – im theologischen Sinn.«

»Aber wo ist Er? Ist Er in uns oder außerhalb von uns?«

»Beides, glaube ich. Es ist ein kleiner Gott in uns, der uns zeigt, wo wir gewesen sind, und ein kleiner Gott außerhalb von uns, der uns zeigt, wohin wir gehen.«

»Das klingt ziemlich mystisch.«

»Richtig, Harold. Es ist ein Mysterium. Offen

gestanden bin ich nicht sicher, ob Er Unser Vater oder Unsere Mutter ist. Ich weiß nur eins«, fügte sie hinzu, und tätschelte den Baumstamm, »er ist ausgesprochen schöpferisch.«

Harold lachte. »Es ist wirklich hübsch hier«, sagte er. »Ich fühle mich wie ein Kind.«

Maude lachte.

»Komm, wir machen ein Wettrennen: Wer zuerst auf dem Hügel dort ist!« schlug er vor und sprang unvermittelt auf.

»Okay«, sagte Maude. »Aber laß mich das hier erst wegräumen.«

»Weißt du, was ich gerne täte?«

»Was?«

»Radschlagen.«

»Warum tust du es dann nicht?«

»Nee, ich würde mir idiotisch vorkommen.«

»Unsinn, Harold. Jeder hat das Recht, mal etwas Idiotisches zu tun. Du kannst dich nicht unentwegt danach richten, was die Leute denken.«

»Also gut«, sagte Harold und schlug ein Rad, das allerdings ziemlich mißlang. Er versuchte es noch einmal und lachte.

»Wie wär's mit ein paar Purzelbäumen?« fragte er.

»Nein danke«, winkte Maude ab. »Ich werde mich darauf beschränken, dich bei unserem Wettlauf zu besiegen.«

Sie rannten los, den gewundenen Pfad hinunter, an den Kühen auf der nächsten Weide vorbei und den Hügel hinauf. Sie kamen gleichzeitig an und ließen sich lachend und völlig außer Atem ins Gras fallen.

»Meine Güte«, keuchte Maude auf dem Rücken liegend. »Ich habe das Gefühl, ich könnte jetzt verdunsten.«

Harold rollte sich neben sie. »Du würdest dich in eine von diesen Wolken verwandeln«, sagte er. »Ich glaube, du wärst eine hübsche Wolke. Und dann könntest du den ganzen Tag am Himmel herumsegeln.«

»Nein, ich wäre bestimmt eine sehr unangenehme Wolke«, widersprach Maude, »ich würde mich immer in Regen auflösen wollen.«

Den Nachmittag verbrachten sie am Strand. Sie rannten durch den Sand und spielten mit den Wellen. Dann gingen sie über die Felsen und Klippen und betrachteten die abgeschliffenen Steine in den Flutbecken.

Später demonstrierte sie das Thai Chi. »Poetische Namen für poetische Bewegungen«, nannte sie es.

»Damit ich mein Transportmittel trainiere, nicht wahr?« grinste Harold.

»Zum Teil«, lächelte Maude. »Aber es wird auch deinen Geist anregen und dein Gemüt in friedliche Bahnen lenken.«

Und begleitet von der Musik des Meeres lehrte sie ihn unter anderem *Das Wildpferd schüttelt seine Mähne*, *Wehre den Affen ab*, *Dirnen auf Kundenfang* und *Wie man einen Spatzen am Schwanz packt*.

Sie saßen auf einem alten Baumstumpf und beobachteten den Untergang der Sonne. Sie gab eine sehenswerte Vorstellung, indem sie immer andere Schattierungen von Rot, Orange und Purpur über den Wolkenrändern aufschimmern ließ.

»Schäfchenwolken und hohe Schichtwolken«, sagte Maude geistesabwesend. »Das erinnert mich an Shanghai in den dreißiger Jahren.«

»Warum das?«

»Oh, damals flogen wir manchmal in einem Zweisitzer. Im Gleitflug oder in Loopings. Es war wie beim Perlentauchen. Oder als ob man durch die Wüste galoppiert, um die untergehende Sonne einzuholen. Oh, Harold, das ist vielleicht ein Erlebnis! Die Wüste. Wir sollten hinfahren. Aber ich fürchte, vor Samstag wird daraus nichts werden. Was machst du morgen?«

»Ich habe eine Verabredung zum Mittagessen. Mit diesem Mädchen, du weißt schon.«

»Ach wirklich?«
»Es hat keine Bedeutung. Meine Mutter hat das arrangiert.«
»Vielleicht hat es Bedeutung für sie?«
»Für meine Mutter?«
»Und für das Mädchen. Sei nett Harold. Weißt du, ich habe sehr lange gelebt, ich habe alles gesehen, was ich wollte, alles getan, was ich konnte, und doch habe ich die Erfahrung gemacht, daß Freundlichkeit das Allerwichtigste ist, und Freundlichkeit ist das, was der Welt ausgesprochen fehlt.«
Der Wind spielte sanft in ihren Haaren. Harold ergriff ihre Hand. Er schaute auf die Falten und die Altersflecken und bedeckte sie mit seiner Hand. »Du bist schön«, sagte er.
»Oh, Harold«, lachte sie. »Ich werde noch rot. Ich komme mir vor wie ein Schulmädchen.«
Er lächelte und küßte ihre Hand. »Ich danke dir für einen wunderschönen Tag.«
»War es nicht großartig?« sagte sie. »Und jetzt sehen wir auch noch, wie er zu Ende geht.«
Sie drehte sich um und schaute zu der sinkenden Sonne. »Da geht sie hin«, sagte sie wehmütig. »Sie sinkt hinter den Horizont, wie wir alle es eines Tages tun werden. Die Farben verändern sich, und bald sind sie verschwunden und lassen uns die Dunkelheit zurück – und die Sterne.«

Harold hielt immer noch ihre Hand in der seinen. Und zum erstenmal fiel ihm die Tätowierung an der Innenseite ihres Arms auf. Es war eine Zahl: D-726350. Erschrocken hob er den Kopf – sie hatte es nicht bemerkt.
Sie deutete aufs Meer hinaus und rief: »Harold, schau!«
Eine einsame Möwe segelte über die Wellen, und beide beobachteten eine Weile, wie sie dem geröteten Himmel entgegenflog – Sinnbild der Freiheit.
»Dreyfus schrieb einmal«, sagte Maude leise, »daß er auf der Teufelsinsel die herrlichsten Vögel gesehen habe. Viele Jahre später in der Bretagne stellte er fest, daß es nur Möwen gewesen waren.«
Sie schaute Harold an und lächelte. »Für mich werden sie immer herrliche Vögel sein.«

»Harold«, sagte Mrs. Chasen, »ich kann dir die Wichtigkeit dieser Begegnung gar nicht eindringlich genug ans Herz legen. Sie ist das letzte Mädchen. Die Computerfirma hat sich, nach allem, was hier geschah, geweigert, weitere Kandidatinnen zu schicken. Die arme Edith war ziemlich außer sich, als sie uns verließ. Glücklicherweise konnte ich von der Gesellschaft verlangen, daß

sie zu ihren ursprünglich gemachten Zusagen stand. Aber nun sei bitte so freundlich, Harold, und vergiß nicht, daß dies deine letzte Chance ist.«
Es klingelte.
»Da ist sie schon. Und wie siehst du aus! Kämm dich, und rück deine Krawatte zurecht. Bitte, Harold, versuch, die Sache ernst zu nehmen, wenigstens mir zuliebe.«
Mrs. Chasen verließ den Raum, und Harold trat vor den Spiegel, um seine Krawatte zurechtzurücken. Er strich sich die Haare aus der Stirn und beschloß, während er so dastand und sich fest ins Auge blickte, daß er es dieses eine Mal wenigstens versuchen würde.
Mrs. Chasen kam mit einem hochgewachsenen, langhaarigen Mädchen in Stiefeln, Lederrock und rotem Schlapphut zurück.
»Harold«, sagte sie. »Ich möchte dir Sunshine Doré vorstellen.«
Harold ging auf sie zu. »Wie geht es Ihnen«, fragte er.
»Kann nicht klagen«, entgegnete Sunshine. Sie hatte einen breiten Mund und ein Pferdegebiß.
»Sunshine ist Schauspielerin«, erklärte Mrs. Chasen.
»Ich glaube es wenigstens«, sagte Sunshine und ließ die Glasperlenschnüre, die sie um den Hals hängen hatte, hin und her schwingen.

»Nun, vielleicht lasse ich euch beide einmal kurze Zeit allein«, sagte Mrs. Chasen. »Harold, ihr könntet euch im Salon unterhalten. Ich bringe euch etwas zu trinken. Ist Limonade recht?«

»Wundervoll«, sagte Sunshine.

»Gut«, sagte Mrs. Chasen und ging in Richtung Küche. An der Tür drehte sie sich noch einmal um und schaute ihren Sohn beschwörend an: »Harold, vielleicht möchte Starlight eine Zigarette.«

»Ich heiße Sunshine«, sagte Sunshine.

»Ja, natürlich«, nickte Mrs. Chasen und verschwand.

»Möchten Sie eine Zigarette?« fragte Harold auf dem Weg zum Salon.

»Nein, vielen Dank. Ich bekomme fleckige Finger davon.«

Er deutete auf die Couch. Sie setzte sich, und er nahm neben ihr Platz.

»Ist Sunshine Ihr richtiger Name?« fragte Harold nach einer Pause.

»Nun, tatsächlich war es der Name meines Schauspiellehrers – Louis Sunshine. Haben Sie schon von ihm gehört?«

Harold schüttelte den Kopf.

»In Theaterkreisen ist er eine bekannte Persönlichkeit. Nun, er hatte einen solchen Einfluß auf die Entwicklung meiner Mittel – in der Theatersprache ist das die Bezeichnung für Körper, Stimme und Ausdrucksfähigkeit –, daß ich, als ich nach Hollywood ging und dort das Gefühl hatte, meinem neuen Ich auch einen neuen Namen geben zu müssen, auf ›Sunshine‹ verfiel. Sozusagen als Zeichen meiner Verehrung. Mein richtiger Name ist Doré, oder besser gesagt Dore, ohne Akzent.«

Sie blickte sich im Zimmer um. »Meine Güte, wie hübsch ihr es hier habt.« Sie stand auf und begann, herumzuwandern. »Ich meine, die Dekoration ist wirklich gut. Die Möbel sind hübsch. Sie erinnern mich an die Versteigerung der MGM.«

Harold schluckte auch das.

»Können Sie spielen?« fragte sie und ließ eine Hand über das Klavier gleiten.

»Nein«, sagte Harold. »Ich lerne gerade Banjo spielen. Können Sie das?«

»Oh, ich habe Gitarre spielen gelernt. Ich hatte sogar eine eigene Volkslieder-Klasse. Aber ich mußte es aufgeben. Ich bekam Schwielen an die Finger. Als Schauspielerin kann ich mir das nicht leisten.«

»Nein, wahrscheinlich nicht«, nickte Harold. Ihm wurde allmählich klar, daß er sich hier wirklich keine leichte Aufgabe gestellt hatte. Er nahm einen erneuten Anlauf. »Spielen Sie häufig?«

»O ja. Ich übe jeden Tag. Das ist die Sunshine-Maxime: Man muß immer fit sein. Ist das Ihr Vater?« fragte sie und nahm einen Rahmen mit dem Bild General Balls in die Hand.
»Nein. Mein Onkel.«
»Er ist bei der Armee! Ich liebe die Militärs, Sie nicht auch? Die Uniformen machen Männer so männlich.«
Harold verzog das Gesicht.
»Ich spielte in *What Price Glory* im Sommerprogramm«, sagte sie und stellte den Rahmen wieder an seinen Platz. »Es war eine großartige Inszenierung. Ich spielte die Charmaine – mit französischem Akzent.«
Sie ging zum Kamin hinüber. Harold saß immer noch auf der Couch und rieb sich ungeduldig die Oberschenkel.
»Liebe Zeit, was für eine entzückende Messersammlung. Jagdmesser, Armeemesser und antike Messer. Wir hatten so was Ähnliches, als wir Ibsens *Wildente* spielten. Darf ich mir die Messer einmal anschauen?«
Harold holte tief Luft. »Das ist es«, sagte er.
»Das ist was?« fragte Sunshine.
Harold trat zu ihr. »Das ist wirklich eine gute Messersammlung«, sagte er. »Gestatten Sie.« Er nahm eins herunter. »Dieses Messer ist besonders interessant. Es ist ein Harakiri-Messer.«

»Ohhhh«, girrte Sunshine. »Was ist Harakiri?«
»Eine alte japanische Zeremonie.«
»Wie eine Tee-Zeremonie?«
»Nein. Ich mache es Ihnen vor.« Mit einem schrillen Schrei rammte er sich das Messer in den Leib und fiel auf die Knie. Während das Blut bereits in Strömen floß, setzte er seine Demonstration fort, indem er sich dem Ritus entsprechend von links nach rechts den Bauch aufschlitzte, um anschließend mit einem Schaudern zusammenzusacken.
Sunshine fiel neben ihm auf die Knie, ihre Augen glühten vor Begeisterung.
»Oh, Harold«, rief sie, »das war phantastisch! Es sah alles ganz echt aus. Harold, bitte. Bei wem haben Sie das gelernt?«
Sie rückte ein wenig von ihm ab. »Entschuldigen Sie, Harold«, flüsterte sie. »Es ist einfach mit mir durchgegangen. Ich wollte Sie jetzt nicht unterbrechen. Ich weiß, wie kräftezehrend echte Gefühle sein können. Ich habe im Sunshine-Theater die Julia gespielt. Louis sagte, es sei das Beste, was ich je geboten hätte.«
Harold hörte, wie sie ihren Hut abnahm und ihr Haar frisierte. In Sekunden hatte sie sich in Julia verwandelt, und vor ihrem fassungslosen Romeo begann sie mit der letzten Szene des Dramas.

»Was ist das hier?« rief sie. »Ein Becher, festgeklemmt in meines Trauten Hand? Gift, seh ich, war sein Ende vor der Zeit. – O Böser!« Sie schlug auf ihn ein. »Alles zu trinken, keinen güt'gen Tropfen mir zu gönnen, der mich zu dir brächt? – Ich will dir deine Lippen küssen.«
Harold öffnete entsetzt die Augen.
»Ach, vielleicht hängt noch ein wenig Gift daran und läßt mich an einer Labung sterben.«
Sie küßte Harold, der jählings aufsprang.
»Deine Lippen sind warm«, flüsterte Sunshine zu der imaginären Galerie hinauf.
Harold ging rückwärts, wobei er das Telefontischchen umstieß.
»Wie? Lärm?« rief Sunshine. »Dann schnell nur.« Sie ergriff das Messer. »O willkommener Dolch!« schrie sie.
Sie ließ sich einen Augenblick Zeit, um das Messer auszuprobieren, indem sie die Klinge in die Scheide schob und zusah, wie das Blut hervorquoll. Befriedigt fuhr sie fort.
»O willkommener Dolch!« wiederholte sie. »Dies werde deine Scheide!«
Sie schlug sich gegen die Brust. Und dann stieß sie sich das Messer mit einer großen Gebärde und einem begleitenden Stöhnen tief in die Brust.
Sie hielt inne, um Atem zu holen. »Da«, flüsterte

sie, umklammerte den Dolch und taumelte zur Couch, »roste da ...« Sie sank auf die Couch und drapierte mit einer schleppenden Bewegung ihr Haar über die Lehne.

»Und ... laß ... mich ... STERBEN!«

Mit einer letzten Kopfbewegung hauchte sie ihr Leben aus. Ihre blutige Faust hielt immer noch das blutige Messer umklammert, das in ihrer blutenden Brust steckte. Harold hatte nie zuvor etwas Derartiges gesehen. Verwirrt ging er um die Couch herum.

Mrs. Chasen kam mit einem Tablett herein, auf dem zwei Gläser standen. Ihr Blick fiel auf die Couch, und das Tablett entglitt ihren Händen. Sie schaute ihren Sohn anklagend an. »Harold«, rief sie wütend. »Das war deine letzte Chance!«

General Balls Adjutant öffnete einen Aktenschrank mit der Aufschrift *Streng geheim* und entnahm ihm den Einberufungsbefehl für Harold Chasen. Er verschloß den Schrank wieder und brachte die Akte zum General. Der General stand vor dem Spiegel. Er hatte seine Uniformjacke ausgezogen und rückte seinen mechanischen Arm zurecht.

»Hier ist die Akte, Sir«, sagte der Adjutant und legte den Ordner auf den Schreibtisch.

»Aha. Danke, Rodgers. Kommen Sie doch mal einen Augenblick her. Ich glaube, es hat sich eine Schraube gelockert.«

Mrs. Chasen bat Harold, vor dem Abendessen in den Salon zu kommen. Sie baute sich in königlicher Haltung vor ihm auf und verkündete ihr Urteil.

»Harold, ich habe heute mit Dr. Harley gesprochen. Er sagte mir, du habest die letzten beiden Stunden bei ihm geschwänzt. Diese Mitteilung und dein Benehmen in letzter Zeit, vor allem deine Vorstellung heute nachmittag, lassen mir keine andere Wahl, als die Lösung zu akzeptieren, die dein Onkel vorgeschlagen hat. Infolgedessen habe ich ihn gebeten, alles Nötige zu veranlassen, um dich so schnell wie möglich zum aktiven Dienst einzuziehen.«

Harold stand auf. Er war wie vom Donner gerührt.

»Die Entscheidung ist mir nicht leichtgefallen«, fügte sie hinzu. »Aber es ist zu deinem Besten. Ich hoffe nur, daß die Leute dort mehr Glück mit dir haben als ich.«

Am nächsten Tag fand Harold Maude im Garten, wo sie Madame Arouet half. Madame Arouet steckte Stangen für ihre Bohnen in die

Erde und befestigte dazwischen Stoffetzen und Blechstückchen, um die Vögel abzuschrecken. Maude war in einer Ecke, in der ein neues Gemüsebeet angelegt werden sollte, damit beschäftigt, das Unkraut zu entfernen.

»Maude«, sagte Harold, »ich muß mit dir sprechen.«

»Was ist los, Harold?« fragte Maude.

»Ich werde eingezogen. Zur Armee. Ich werde für die Regierung in den Krieg ziehen müssen.«

»Das können sie doch nicht machen«, behauptete Maude ungerührt. »Du hast sie ja gar nicht gewählt.«

»Aber es ist schon passiert«, widersprach Harold.

»Na dann geh einfach nicht«, schlug Maude vor. »Vielleicht gehört Krieg zur Natur der Menschheit. Aber man sollte so etwas nicht auch noch unterstützen. Würdest du mal bitte die Schubkarre herfahren, Harold?«

Harold schluckte. Er holte die Schubkarre. »Aber wenn ich mich weigere, werden sie mich ins Gefängnis stecken!«

»Wirklich?« Maude schaufelte das Unkraut in die Schubkarre. »Nun, wie wir aus den Geschichtsbüchern wissen, würdest du dich da in ausgezeichneter Gesellschaft befinden.«

Sie lachte und unterbrach ihre Tätigkeit einen

Augenblick, um sich den Schweiß von der Stirn zu wischen. »Möchtest du auch gerne ein bißchen Unkraut jäten, Harold?« fragte sie. »Es heißt, daß Arbeit, die man aus selbstlosen Motiven verrichtet, den Geist läutert. Man gibt sein separates Ich auf und wird eins mit dem universalen Wesen. Wogegen sinnlose Arbeit beleidigend und langweilig ist und tunlichst vermieden werden sollte.«

»Maude, bitte«, flehte Harold, »kannst du mir nicht helfen?«

Maude stützte sich auf die Harke. »Harold«, lächelte sie, »ich glaube, wenn wir deine Geschicklichkeit und meine Erfahrung zusammennehmen, wird uns schon etwas einfallen.«

Harold saß neben seinem Onkel in dessen Dienstwagen. Auf dem Weg durch die Stadt hörte er aufmerksam zu, während der General ihn von dem Glanz einer Karriere bei der Armee zu überzeugen versuchte.

»Harold«, sprach er, »ich will doch nur dein Bestes! Wir werden diesen Tag einzig und allein dazu verwenden, einander besser kennenzulernen. Nun, ich weiß, daß du nicht gerade scharf darauf bist, in die Armee einzutreten. Aber zum Teufel, als ich in die Armee kam, ging es mir nicht anders. Doch mein Vater blieb hart, und schau mich heute an – ein General ist aus mir geworden! Mit Chauffeur. Man respektiert mich. Ich habe Geld auf der Bank.« Er schlug leicht gegen seinen leeren Ärmel und zog eine Zigarre aus der Tasche seiner Uniformjacke. »Oh, auch die Armee hat ihre Nachteile. Aber die gibt es wohl überall. Doch in der Armee bist du versorgt. Glaub mir. Wenn du den Laden erst einmal richtig kennst, wirst du gerne Soldat sein. Übrigens, wo wollen wir hin?«

»Ich dachte, vielleicht 'rauf zum McKinley-Park. Dort könnten wir spazierengehen und alles besprechen.«

»Du meinst oben beim McKinley-Damm? Eine gute Idee. Das ist ein sehr hübsches Fleckchen. Haben Sie gehört, Sergeant? Zum McKinley-Park.«

Der General zündete seine Zigarre an. »Wirklich, Harold. Wenn du in die Armee eintrittst, hast du einen Freund fürs ganze Leben.«

Sie kamen am McKinley-Park an und stiegen aus dem Wagen. Auf ihrem Spaziergang schaute General Ball hinüber zu den Müttern mit ihren kleinen Kindern und den Rentnern, die in der Sonne saßen.

»Das ist es, was wir verteidigen, Harold«, sagte er. »Schau dich um – alles das, was gut ist am

American Way of Life: Menschen, die ihre Freiheit genießen.«

»Ja, Onkel.«

»Du mußt mich mit ›Sir‹ anreden, Harold. Das ist das erste, was du in der Armee lernst – ein Offizier hat Anspruch auf den entsprechenden Respekt.«

»Jawohl, Sir.«

»So ist's recht, mein Junge. Ah, schau dir den alten Aussichtsturm an. Ich erinnere mich, früher spielte dort sonntags eine Militärkapelle Märsche und andere patriotische Lieder. Warte einen Augenblick. Ist das da drüben einer von diesen Friedensfanatikern? Mein Gott, tatsächlich! Komm, Harold, gehen wir lieber hier entlang. Diese verdammten Kommunistenschweine. Ich weiß wirklich nicht, warum wir sie überhaupt dulden.«

Harold schaute zu dem »Friedensfanatiker« hinüber.

»Parasiten«, schäumte Onkel Victor.

»Jawohl, Sir«, sagte Harold und ging hinter ihm her.

Sie gingen auf den Stausee zu. Der General verbreitete sich weiter über sein Lieblingsthema, und Harolds Interesse schien ständig zu wachsen.

»Nun, lassen wir doch einmal die Tatsachen sprechen«, sagte Onkel Victor. »Ich bin der Ansicht, daß dieses Land mit seiner absoluten Verdammung des Krieges zu weit gegangen ist. Meiner Meinung nach kann man viele materielle Vorteile anführen, die aus einer Krisen- und Konfliktpolitik erwachsen. Zum Teufel, der Zweite Weltkrieg hat uns immerhin den Kugelschreiber beschert. Das ist allgemein bekannt.«

»In Kriegszeiten sinkt die nationale Selbstmordrate«, bemerkte Harold.

»Ist das wahr? Nun, das paßt genau zu alldem, was ich gesagt habe. Der Krieg hat auch seine guten Seiten.«

»Jawohl, Sir«, nickte Harold. »Er regt einen zum Nachdenken an.«

»Das ist verdammt richtig. Der Krieg ist ein Teil unseres Erbes. Und es ist eine Affenschande, auf welche Weise in den letzten Jahrzehnten darüber geredet worden ist. Nun, gehen wir doch einmal zu konkreten Fällen über. Hören wir auf, wie die Katze um den heißen Brei herumzugehen. Kannst du mir vielleicht sagen, weshalb wir uns den Deutschen gegenüber so verhalten haben? Diese verdammten Politiker in Washington machten sie zu Verbündeten, und seitdem sind alle Kriege eine nationale Schande gewesen. Sieh dir doch die Geschichte an. Die beiden besten Kriege, die dieses Land geführt hat, waren die gegen die Deutschen. Wenn es nach mir ginge, dann würde man die Krauts wieder dorthin scheuchen, wo sie hingehören, und sich wieder mit einem Gegner auseinandersetzen können, der würdig ist, getötet zu werden, und man würde wieder eine Art von Krieg führen, die dieses ganze Land billigen kann.«

»Mann – pardon – Sir«, warf Harold ein, »das ist aber ziemlich hart.«

»Nun, Harold«, sagte Onkel Victor, holte tief Atem und tätschelte geistesabwesend seinen leeren Ärmel, »ich bin schon immer ein Mensch gewesen, der sagte, was er dachte. Das hat mir geschadet. Ich bin nicht beliebt in Washington. Das weiß ich. Aber – und das solltest du nicht vergessen – ich habe einflußreiche Freunde.«

Sie gingen ein Stück am Stausee entlang und setzten sich schließlich unter einen Baum, der auf einem kleinen Hügel stand. Weit und breit war niemand zu sehen, und der General begann Harold einige seiner Kriegserlebnisse zu erzählen.

»Sie kamen von allen Seiten auf mich zu. Es waren Hunderte. Wir feuerten weiter. Zat-tat-tat-tat! ›Werft die Granaten!‹ brüllte ich. ›Mac, wirf die Granaten!‹ ›Er ist tot‹, sagte Joe und versorgte mich weiter mit Munition. Zat-tat-tat-tat! Immer wieder fielen welche, aber es blieben noch genügend übrig, die auf uns stürmten. Kugeln pfiffen haarscharf an mir vorbei. Ich dachte schon, ich sei erledigt. Aber ich feuerte weiter. Zat-tat-tat-tat! Nur ein Gedanke hielt mich noch aufrecht: Töten! Töten! Für Joe und Mac und die anderen Jungs. Töten! Ein jäher Feuerstrahl flammte auf. Als ich wieder zu mir kam, lag ich auf einer Bahre. ›Haben wir durchgehalten?‹ fragte ich den Arzt. ›Ja, Sir‹, antwortete er, und ich verlor erneut das Bewußtsein.«

»Meine Güte, das ist wirklich eine großartige Geschichte, Sir.«

»Nun, mein Junge, du wirst solche Geschichten bald selbst erleben und erzählen können.«

»Glauben Sie, Sir?«

»Sicher. Du kannst sie dann deinen Kindern erzählen. Dann haben sie jemanden, zu dem sie aufblicken, auf den sie stolz sein können.«

»Ich hoffe es, Sir. Mein Gott, ich habe ja nie geahnt, daß das alles so aufregend sein könnte.«

»Es ist das Aufregendste von der Welt.«

Harold richtete sich auf und überdachte die ganze Angelegenheit noch einmal. »Man setzt das eigene Leben gegen das eines anderen«, sagte er nachdenklich.

»Richtig.«

»Man tötet.«

»Ja, das stimmt.«

»Man schmeckt Blut.«
»Es ist der Augenblick der Wahrheit.«
Harold riß ein imaginäres Gewehr hoch und zielte auf einen imaginären Feind. »Noch ein Leben in Sicht!«
»Ja.«
Er drückte ab. »Zap!«
Onkel Victor lachte.
»Werden Sie mir wirklich beibringen, wie man schießt?« fragte Harold begierig.
»Aber sicher«, sagte Onkel Victor, »mit den verschiedensten Waffen.«
»Werde ich auch lernen, wie man mit einem Bajonett umgeht? AHHHHHHHH!«
»Sicherlich.«
»Und den Kampf von Mann zu Mann?«
»Kannst du haben.«
Harold hatte plötzlich ein imaginäres Opfer im Griff und begann es zu töten. »Ach, wie ist es herrlich, jemanden zu erwürgen! Ihn zu erstikken. Ihm langsam mit beiden Händen das Leben aus dem Körper zu pressen.«
Onkel Victors Gesicht zeigte leichte Verwirrung.
»Wie?« fragte er.
»Wie wäre es, wenn ich seine Kehle durchschneiden würde?«
»Nun, ich ...«

»Das würde mir Spaß machen. Man könnte dann das Blut richtig hervorschießen sehen.«

»Harold! Ich glaube, du schießt hier etwas übers Ziel hinaus.«

»Und wie steht's mit Souvenirs?«

»Souvenirs?«

Harold kniete sich hin. »Souvenirs von den Opfern«, erklärte er. »Ohren, Nasen, Skalps. Private Dinge, die sie bei sich haben.«

»Harold!«

»Wie stehen die Chancen, so was zu kriegen?« fragte er und zog einen Schrumpfkopf aus der Tasche. »Meine Güte! Wenn ich mir vorstelle, daß ich vielleicht selbst so ein Ding machen könnte!«

»Harold!« schrie Onkel Victor. »Das ist geschmacklos!«

»Das ist es allerdings!« sagte Maude.

Harold und der General unterbrachen ihre Unterhaltung und blickten auf. Maude hatte sich über ihnen aufgebaut. In einer Hand hielt sie ihren Regenschirm mit dem Gänsekopf und in der anderen ein Plakat, das für den Frieden warb.

»Wer sind Sie?« fragte Onkel Victor und erhob sich.

»Ich demonstriere für den Frieden, und ich kam hier vorbei ...«

»Parasit!« schrie Harold, sprang auf und schleuderte Maude seine geballte Faust ins Gesicht.

»Harold, beherrsch dich«, rief Onkel Victor.

»Kommunistenschwein!« brüllte Harold. »Verschwinde!«

»Nicht in diesem Ton, du mieser, degenerierter, kleiner Strolch«, schimpfte Maude. »Wirklich, General, ich hätte zumindest geglaubt, daß Sie ...«

»Verräterin!« kreischte Harold. »Benedict Arnold! Erinnern Sie sich an Nathan Hale, Sir.«

»Kommen Sie mir nicht zu nahe!« warnte Maude.

»Wir werden euch alle ausrotten! Ihr werdet alle enden wie dieser hier!« Und er hielt ihr den Schrumpfkopf vor die Nase.

»Geben Sie das her!« schrie sie und riß es ihm aus der Hand. »Ich werde dieses scheußliche Ding in den Abwässerkanal werfen, wo es hingehört.« Sie drehte sich um und rannte zum Kanal.

»Sie hat mir meinen Kopf weggenommen«, sagte Harold weinerlich.

»Du bleibst hier«, herrschte ihn der General an.

»Sie hat mir meinen Kopf weggenommen«, kreischte Harold im höchsten Diskant. Er hob das Friedensplakat auf, das Maude heruntergefallen war und rannte hinter ihr her. »Ich bring sie um!« schrie er.

»Harold! Harold, komm zurück! Das ist ein Befehl!« Der General folgte ihm, so schnell er konnte.
Maude rannte an dem Schild »Achtung! Durchgang verboten! Gefahr!« vorbei, schlüpfte unter der Umzäunung durch und lief auf die Uferböschung zu. Harold folgte ihr. Er schwang das zusammengerollte Friedensplakat wie eine Keule. Der General rannte keuchend hinter ihnen her. Er war mit seinen Nerven völlig am Ende.
Maude hastete zum Rand der Böschung, blieb schließlich stehen und hielt den Schrumpfkopf über das Wasser, das unter ihr schäumte.
»Wagen Sie es nicht!« schrie Harold. Dann hatte er sie erreicht und packte ihren Arm. Maude schlug mit ihrem Regenschirm auf ihn ein, und als der General ankam, bekam er auch noch ein paar Schläge ab.
»Bitte, Lady!« rief Onkel Victor und versuchte Harold zurückzuziehen. »Geben Sie ihm den Kopf zurück.«
»Ich bring sie um!« kreischte Harold. »Ich bring sie um!«
»Komm mir nicht zu nahe, du ekelhafter kleiner Perversling!« befahl Maude.
Der General wand Harold das Friedensplakat aus der Hand und warf es in den Kanal. Alle drei starrten ihm nach, wie es im reißenden Was-

ser verschwand. Maude stand rechts vom General und hielt den Schrumpfkopf fest umklammert. Mit einer schnellen Bewegung zog Harold an der Kordel, die den militärischen Gruß auslöste. Der Ärmel schoß hoch und traf Maude unterm Kinn. Der Schlag schleuderte sie von der Böschung hinunter, und sie verschwand in den tosenden Wassermassen. Der General sah sie untergehen. Auf seinem Gesicht malte sich reines Entsetzen. Ängstlich wartete er, aber sie tauchte nicht wieder auf.

Den Arm immer noch zum Gruß erhoben, blickte er auf. Er konnte einfach nicht glauben, was er gerade gesehen hatte. Er wandte sich an Harold, um den Grund für dessen Handlungsweise zu erfahren – irgendein Motiv, eine Erklärung.

»Ich habe den Kopf verloren«, sagte Harold traurig und schaute dem Wasser nach, das mit großer Geschwindigkeit stromabwärts floß.

Nach seiner Rückkehr ins Hauptquartier setzte sich General Ball an seinen Schreibtisch. »Sorgen Sie dafür, daß die Akte Chasen hier wieder verschwindet«, sagte er zu seinem Adjutanten. »Mein Neffe wird nicht in die Armee eintreten.«

»Soll ich den Ordner wieder in den Schrank für die Geheimakten legen, Sir?«

»Das ist nicht nötig, Rodgers. Schicken Sie ihn durch die üblichen Kanäle zurück, und lassen Sie ihn mit dem Vermerk ›Wehruntauglich‹ versehen.«
»Haben Sie irgendeinen speziellen Wunsch hinsichtlich des Befunds, Sir?«
»Nein, das überlasse ich Ihnen. Aber im Vertrauen: der Junge ist ein Irrer. Ein Geisteskranker, der von der Idee des Tötens besessen ist. Er gehört in eine Anstalt.«

Zwei Skelette, die an zwei Türen hingen, klapperten mit ihren Gebeinen und lachten unheimlich. Die Türen schwangen auf, und Harold und Maude fuhren in einem kleinen Wagen bis zu einem Schild, auf dem »Ausgang« stand. Ein Angestellter half ihnen aus dem Wägelchen, und sie gingen die Treppen zur Promenade hinunter.
»Nun, das war also die Geisterbahn«, sagte Harold. »Besonders unheimlich war es ja nicht gerade.«
»Nein«, lachte Maude, »mit unserer Vorstellung heute nachmittag konnte sie jedenfalls nicht mithalten.«
»Aber da hattest du doch gar keine Angst.«
»Angst? Unter Wasser mit deinem Sauerstoffgerät? Ich war außer mir vor Angst.«

»Ach was, es hat dir doch gefallen.«
»Nun, natürlich gebe ich zu, daß es eine neue Erfahrung für mich war.«
Sie lachten beide. Harold kaufte Karten für das Riesenrad, sie stiegen ein, und die Tür wurde geschlossen.
»Los geht's!« rief Maude, als sie über die Lichter des Jahrmarktes hinweg hoch in den Nachthimmel segelten. »Ist das nicht herrlich? Früher bin ich immer mit dem Riesenrad im Prater gefahren.«
»Zu schade, daß du deinen Regenschirm im Kanal verloren hast«, sagte Harold.
»Ach, weißt du«, tröstete ihn Maude, »das ist nicht so schlimm. Er hat seinen Zweck erfüllt. Das ist alles, was man von einem Gegenstand erwarten kann.«
»Dein gesamter Plan hat ganz sicher seinen Zweck erfüllt. Ich wünschte, du hättest das Gesicht meines Onkels sehen können!« Harold grinste. »Die Armee dürfte ab sofort keinen Wert mehr auf meine Dienste legen.«
Auch Maude lachte. »Nun, die Armee war zu ihrer Zeit ganz in Ordnung«, sagte sie. »Genau wie die Kirche. Gemeinsam beschützten sie uns vor den bösen Buben auf der einen und vor dem Teufel auf der anderen Seite. Aber – wie alles – hat sich auch der Feind geändert. Wir haben

entdeckt, daß wir selbst der Feind sind. Wir müssen uns jetzt wirksamere Verteidigungsmittel ausdenken als Waffen und Dogmen.«

»Glaubst du, daß es uns gelingen wird?«

»Aber sicherlich! Nur nicht den Mut verlieren! So wie ich die Sache sehe, befinden wir uns gerade in einem Kokon. Die Tage der Raupe sind vorüber. Der Tag, an dem der Schmetterling seine Flügel ausbreiten wird, steht unmittelbar bevor.«

»Oh, wir haben angehalten«, sagte Harold.

»Und gerade jetzt, wo wir ganz oben sind! Wie schön!«

»Schau dir die Menschen da unten am Pier an. Sie sehen so winzig aus. Maude! Maude, warte! Was machst du denn?«

»Ich schaukle nur ein bißchen!« rief Maude und versetzte die Gondel in heftige Schwingungen.

Harold war froh, als sie die Gondel unten verließen und er wieder festen Boden unter den Füßen hatte. Sie gingen zu den Buden hinüber. Eine Weile blieben sie bei den Spielautomaten und testeten ihre Kraft. Aber am meisten Spaß machte ihnen das Tisch-Fußballspiel.

Maude verwandelte sich augenblicklich in einen Fußballfan. Sie feuerte ihre Mannschaft an und bewegte ihre Spieler so geschickt, daß sie ein Tor nach dem anderen schossen.

Fünfzehn Minuten später hatte sich eine Menschenmenge um sie versammelt. Ein kleiner Italiener spielte mit ihr gegen ein Paar in bunten Freizeithemden. Die Menge brüllte vor Begeisterung, und die Leute schlugen sich bei jedem Tor auf die Schultern.

Harold verschwand für einen Augenblick und steckte einen Penny in eine Maschine, die Buchstaben auf einen Metallstreifen druckte. Während er die Buchstaben auswählte und den Hebel betätigte, hörte er die Begeisterungsrufe und lächelte.

»Du kannst wirklich fabelhaft mit Menschen umgehen«, staunte er, als sie den Jahrmarkt verließen und am Pier entlanggingen.

»Nun«, sagte Maude, »schließlich sind es meine Artgenossen.«

Harold kaufte zwei kandierte Äpfel, und sie setzten sich auf die Kaimauer, um sie zu essen.

»Schau!« rief Harold. »Eine Sternschnuppe!«

»Ich hab sie gesehen«, sagte Maude. »Liebe Güte, es gibt immer welche, die aus der Reihe tanzen, sogar am Firmament.«

Harold blickte zu den Sternen hinauf. »Sie sind schön, nicht wahr?«

»Ja. Sie sind alte Freunde. Ich habe sie früher in Bayern auch immer angeschaut. Sie können so – tröstlich sein.«

»Was meinst du damit?«

»Nun, ich schaute hinauf und dachte zum Beispiel daran, daß das Licht von einem weit entfernten Stern über eine Million Jahre braucht, um uns zu erreichen. In einer Million Jahre entwickelte die Natur den Flügel eines Vogels. Und so wird vielleicht die Menschheit zu der Zeit, wenn das Licht eben dieses Sternes uns erreicht, gelernt haben, mit dem Bösen fertig zu werden. Vielleicht hat der Mensch das Böse zu diesem Zeitpunkt auch schon völlig ausgelöscht, und wir fliegen alle herum wie Engel.«

Harold lächelte. »Du hättest Dichterin werden sollen.«

»O nein!« rief Maude. »Aber ich wäre gerne Astronaut geworden. Allerdings ein privater Astronaut, der auf eigene Faust losfliegen und das Unbekannte erforschen kann. Wie die Männer, die mit Magellan segelten. Ich möchte wissen, ob wir wirklich über den Rand der Erde fallen können.«

»Wie komisch das wäre«, lachte sie und beschrieb mit dem Apfel in der Hand einen großen Kreis, »wenn ich wie die damals dort wieder ankomme, wo ich losgefahren bin.«

»Maude«, sagte Harold. »Ich habe ein Geschenk für dich.« Er gab ihr das Metallplättchen.

»Oh, Harold, wie nett von dir!« Sie las die Inschrift laut vor: »Harold liebt Maude.«
Harold wandte sich verlegen ab und schaute aufs Meer hinaus. Maude berührte seinen Arm, und er drehte sich zu ihr um.
»Und Maude liebt Harold«, sagte sie leise.
Er lächelte, und auch Maude lächelte glücklich.
»Oh, Harold«, strahlte sie. »Das ist das hübscheste Geschenk, das ich in den letzten Jahren bekommen habe.« Sie drückte einen Kuß auf das Metallplättchen und warf es ins Meer. Harold sah mit verständnislosem Gesicht zu, wie es in den Wellen verschwand.
»Aber ...«, begann er.
»Jetzt«, unterbrach ihn Maude, »weiß ich immer, wo es ist.«
Harold schluckte, dann lächelte er tapfer. »Okay«, sagte er.
»Komm«, rief Maude, »wir wollen Berg-und-Tal-Bahn fahren.«
Und Hand in Hand gingen sie den Pier entlang auf den Lichterglanz des Jahrmarktes zu.

Wieder bei ihr zu Hause, machte Harold Feuer im Kamin, während Maude in der Küche ihren Chrysanthemen-Likör aus einem Pfund Chrysanthemen, Wasser, Zucker, Zitronenschale,

Muskat und einem halben Liter Brandy zubereitete.
»Er schmeckt fabelhaft«, lobte Harold später.
Maude schaltete das Radio ein, das im Bücherregal stand. »Ich glaube, heute abend gibt es ein Chopin-Konzert. Ja. Da ist es schon.«
Der zarte Klang einer Nokturne schwebte durch den Raum.
»Magst du Chopin, Harold?«
»Sehr.«
Maude setzte sich auf ihren Klavierhocker und nippte an ihrem Likör. »Ich auch«, sagte sie, »ich auch.«
Harold stand auf und ging zu ihr hinüber. Er lehnte sich auf das Klavier und schaute die leeren Rahmen an.
»Warum sind keine Bilder in diesen Rahmen?« fragte er.
»Ich habe sie 'rausgenommen.«
»Warum?«
»Sie machten sich über mich lustig. Sie stellten Menschen dar, die ich von Herzen liebte, aber sie wußten, daß diese Menschen allmählich in meiner Erinnerung verblaßten und daß alles, was nach einiger Zeit noch übrig wäre, verschwommene Gefühle, aber gestochen scharfe Photographien wären. Also nahm ich sie aus den Rahmen. Mein Gedächtnis wird schlechter, das

weiß ich. Aber ich ziehe Bilder, die ich selbst mit Gefühl gemalt habe, denen vor, die Kodak mit Silbernitrat herstellt.«

Harold lächelte. »Ich werde dich nie vergessen, Maude«, sagte er. »Aber ich hätte gerne eine Photographie von dir.«

Maude lachte. »Einen Moment, laß mich nachschauen.«

Sie stellte ihr Glas ab und ging in ihr Schlafzimmer. Neben dem Schrank mit den Instrumenten stand eine alte Seemannskiste.

»Bring doch mal den Kerzenleuchter her«, bat Maude und kniete sich hin. »Dann können wir hier drin einmal nachsehen. Wie kommst du mit dem Banjo zurecht?«

»Prima«, sagte Harold, nahm den mehrarmigen Kerzenleuchter vom Nachttisch und brachte ihn zu Maude. »Morgen abend habe ich eine Überraschung für dich.«

Maude kicherte. »Liebe Güte, das wird eine tolle Geburtstagsfeier. Ich freue mich schon ganz schrecklich darauf.«

Sie wühlte zwischen alten Papieren, gebündelten Briefen und abgeschabten Briefumschlägen herum. »Hier muß es irgendwo sein.«

»Diese Kerzen riechen gut«, bemerkte Harold, der neben ihr stand. »Was ist das für ein Geruch? Sandelholz?«

»Talg des Moschusochsen«, sagte Maude. »Aber ich glaube nicht, daß das Zeug unter dieser Bezeichnung gehandelt wird. Da heißt es dann *Duft vom Himalaja* oder so ähnlich. *Freude des Dalai-Lama* ist vielleicht noch hübscher.«
»Es ist romantischer.«
»Na also!« rief Maude. Sie hielt einen großen Umschlag in der Hand und machte die Seemannskiste wieder zu. »Hier drin ist es.«
Sie stand auf und setzte sich auf den Rand des Himmelbetts. Harold stellte den Kerzenleuchter wieder an seinen Platz und setzte sich neben sie.
Sie öffnete den Umschlag. »Ja, da ist es«, nickte sie. »Mein amerikanisches Visum.«
Sie löste die Photographie aus dem Dokument und gab sie Harold. »Im Augenblick habe ich kein besseres zur Hand.«
»Danke«. Er hielt es ins Licht. »Das ist ein sehr hübsches Bild. Genauso siehst du aus.«
»Harold«, lächelte Maude, »das Bild da ist fast fünfundzwanzig Jahre alt.«
»Du hast dich überhaupt nicht verändert. Ich werde es in meine Brieftasche stecken.«
Er öffnete sie, und das Bild einer Sonnenblume flatterte zu Boden. Hastig hob er es auf und drehte Maude den Rücken zu.
»Du darfst das nicht sehen«, erklärte er. »Es ist ein Teil der Überraschung für morgen.«

Er klappte seine Brieftasche zu und drehte sich wieder zu Maude um.
»Maude«, rief er bestürzt, »du weinst ja!«
Maude hielt immer noch das Visum in der Hand.
»Ich habe mich gerade daran erinnert, wieviel es mir damals bedeutet hat«, sagte sie langsam. »Es war nach dem Krieg. Ich hatte nichts – außer meinem Leben. Wie anders war ich damals. Und doch wie ähnlich.«
Harold war völlig verwirrt. »Aber ... aber du hast noch nie geweint. Ich hätte es nie für möglich gehalten, daß du einmal weinen würdest. Ich habe geglaubt, du seist immer glücklich.«
»Oh, Harold«, seufzte sie und strich ihm über die Haare. »Du bist so jung. Was hat man dir beigebracht?« Sie wischte sich die Tränen von ihren Wangen. »Ja, ich weine. Ich weine um dich. Ich weine wegen dieses Papiers hier. Ich weine über die Schönheit – eines Sonnenuntergangs oder einer Möwe. Ich weine, wenn ein Mann seinen Bruder quält ... wenn er seine Tat bereut und um Vergebung bittet ... wenn ihm die Vergebung versagt bleibt ... und wenn sie ihm gewährt wird. Man lacht. Man weint. Das sind zwei Fähigkeiten, die einzig und allein der Mensch besitzt. Und das Wichtigste im Leben, mein lieber Harold, ist, daß man keine Angst davor hat, ein Mensch zu sein.«

Harold blinzelte die aufsteigenden Tränen zurück. Er versuchte den Kloß in seinem Hals hinunterzuschlucken, streckte die Hand aus und nahm ihre Hand in seine. Dann wischte er sanft die Tränen von ihrem Gesicht.

Sie lächelte ein wenig, und er beugte sich vor und küßte sie auf den Mund. Sie lösten sich voneinander und schauten einander im Schein der Kerzen an. Aus dem Nebenzimmer klang leise Chopin-Musik herüber. Harold nahm ihr Gesicht in die Hände und küßte sie wieder. Sie umarmte ihn zärtlich. Und so leicht, wie zwei Regentropfen ineinanderfließen, sanken sie nach hinten.

Am nächsten Morgen wurde Harold vom Krähen eines Hahns geweckt – »Kikerikiii!«

Er rieb sich den Schlaf aus den Augen und gähnte. Wieder krähte der Hahn.

Sorgfältig darauf bedacht, Maude nicht zu wekken, setzte er sich im Bett auf und schaute aus dem Fenster.

Madame Arouet fütterte ihre Küken, und ihr Hahn stand hoch aufgerichtet auf einem Zaunpfahl und begrüßte den neuen Tag.

Als Harold ihn sah, fiel ihm eine Zeile von Maudes Lied ein:

»Ein Hahn, der kräht bravissimo,
Aber der Kuck-kuck-Kuckuck ...«

Er lächelte und kratzte sich die Brust. Er fühlte sich großartig. Er streckte sich. Eine Zigarette wäre jetzt genau das richtige gewesen. Er drehte sich um und schaute auf Maude hinunter.

Die Morgensonne fing sich in ihren weißen Haaren und überzog ihr Gesicht mit einem goldenen Schimmer. Sie schläft wie ein Kind, dachte er, sorglos und fest. Er hatte niemals etwas Schöneres gesehen.

Er kuschelte sich ganz nah an sie heran und zog die Bettdecke hoch. Dann legte er sich so, daß sein Gesicht genau vor ihrem war und wartete darauf, daß sie aufwachte.

Sie öffnete die Augen und lächelte.

»Guten Morgen.«

»Herzlichen Glückwunsch zum Geburtstag«, sagte er und küßte sie auf die Nasenspitze.

Mrs. Chasen saß in ihrem Schlafzimmer, frühstückte und telefonierte nebenbei.

»Und deshalb dachte ich, Pater, daß vielleicht Sie als Priester mit ihm sprechen könnten. Ich bin mit meinem Latein am Ende.«

Es klopfte an die Tür, und gleich darauf erschien Harold.

»Mutter.«

Mrs. Chasen bedeutete ihm mit einer energischen Handbewegung zu schweigen.

»Nein, Pater. Er wird in nächster Zeit nicht in die Armee eintreten. Sein Onkel hält es im Augenblick offensichtlich nicht für sinnvoll.«

»Mutter.«

Mrs. Chasen bedeckte die Sprechmuschel mit der Hand. »Nicht jetzt, Harold. Ich spreche gerade mit Pater Finnegan.«

Harold verschränkte die Arme und rührte sich nicht von der Stelle.

»Mutter«, verkündete er, »ich werde heiraten.«

»Pater, ich rufe Sie später wieder an«, sagte Mrs. Chasen und legte auf.

»Was hast du gesagt?« fragte sie.

»Ich werde heiraten.«

Mrs. Chasen sah ihn mißtrauisch an.

»Wen?«

»Ein Mädchen«, erwiderte Harold und zog seine Brieftasche hervor. Er klappte sie auf und reichte sie seiner Mutter.

Mrs. Chasen warf einen Blick auf die Photographie und schloß die Augen. »Du hältst dich wahrscheinlich wieder mal für originell«, sagte sie.

»Wieso?«

Mrs. Chasen gab ihm die Brieftasche zurück. »Das Bild einer Sonnenblume!«

»Oh, entschuldige«, sagte Harold und blätterte weiter, bis er Maudes Photographie fand. »Das ist sie.«
Diesmal schaute sich Mrs. Chasen das Bild genau an. Sie hob kurz den Kopf, um Harold anzusehen, dann kehrte ihr Blick zu der Photographie zurück.
»Das ist doch wohl nicht dein Ernst?« stammelte sie einer Ohnmacht nahe.
Harold lächelte.

»Er meint es ernst«, sagte sie zu Dr. Harley, als sie auf seiner Couch lag und zur Decke hinaufschaute. »Er meint es tatsächlich ernst!«
»Ich werde mit ihm sprechen«, erbot sich der Arzt. »Vielleicht kann ich etwas erreichen.«
»Oh, das hoffe ich. Das hoffe ich inständig. Ich schicke ihn zu Ihnen und anschließend noch zu seinem Onkel und zu Pater Finnegan. Irgend jemand muß ihn ja zur Vernunft bringen.«

Onkel Victor gab sein Bestes.
»Harold«, sagte er zu seinem Neffen, der ihm gegenüber in seinem Büro saß, »deine Mutter hat mir von deinen Heiratsplänen erzählt, und obwohl ich im Prinzip nichts gegen die Ehe

habe, halte ich die Idee in diesem Fall für nicht ganz normal. Helen sagte, deine Verlobte sei achtzig Jahre alt. Nun, sogar für einen Unvoreingenommenen ist das wohl nicht der übliche Altersunterschied. Nein, er ist sogar im höchsten Maße ungewöhnlich. Nun, ich will dich nicht an den unangenehmen Zwischenfall von gestern nachmittag erinnern. Ich halte es für das beste, wenn wir ihn einfach als vergessen betrachten. Nichtsdestoweniger würde ich es, da ich nun mal deine merkwürdigen Neigungen kenne, für das klügste halten, daß du das Haus nicht verläßt und nichts unternimmst, was Aufsehen erregt. Diese Heirat würde aber Aufsehen erregen. Und meiner Meinung nach brauchst du keine Ehefrau, Harold – was du wirklich brauchst, ist eine Krankenschwester.«

Dr. Harleys Ausführungen wurden in bedeutend kühlerer Form vorgebracht.

»Es besteht kein Zweifel, Harold«, sagte Dr. Harley und lehnte sich in seinem Sessel zurück, »daß diese bevorstehende Hochzeit ein weiteres Kapitel eines faszinierenden Falles darstellt. Aber wir wollen die Sache einmal näher untersuchen. Und ich glaube, Sie werden erkennen, daß es eine ganz einfache Freudsche Erklärung für Ihre romantische Bindung an diese so viel ältere Frau gibt. Sie ist bekannt unter der Bezeichnung ›Ödipus-Komplex«. Es handelt sich dabei um ein sehr häufig auftretendes Syndrom – vor allem in unserer Gesellschaft –, bei dem das männliche Kind unterbewußt den Wunsch hat, mit seiner Mutter zu schlafen. Was mich allerdings wundert, Harold, ist die Tatsache, daß Sie offensichtlich den Wunsch haben, mit Ihrer *Groß*mutter zu schlafen.«

Pater Finnegans Predigt kam aus dem Stocken nicht heraus. Der kleine Priester war von der Größe des Problems offensichtlich überwältigt.

»Nun, Harold«, sagte er geduldig. »Die Kirche hat gegen eine Verbindung zwischen Alt und Jung nichts einzuwenden. Jedes Alter hat seine spezifische Schönheit. Aber eine eheliche Verbindung beinhaltet auch die ehelichen Rechte. Und die Zeugung von Kindern. Ich würde meine Pflichten sträflich verletzen, wenn ich Ihnen nicht sagen würde, daß die Idee eines ...«

Er schluckte verlegen.

»... Geschlechtsverkehrs – die Tatsache, daß Ihr junger fester ...«

Er schlug die Augen nieder.

»... Körper ...«

Er wischte sich den Schweiß von der Stirn.

»... sich mit dem welken Fleisch, den hängenden Brüsten und dem schlaffen Hinterteil dieser reifen ...«

Er fuhr sich verzweifelt mit der Hand über den Mund.
»....also, offen gestanden ekelt es mich schon bei dem bloßen Gedanken daran.«
»Aber«, sagte Harold zu allen dreien, nachdem sie ihm ihre Standpunkte dargelegt hatten, »ich bin überhaupt nicht gefragt worden, ob ich sie liebe.«
Darauf aber konnten weder General Ball noch Dr. Harley noch Pater Finnegan eine Antwort geben.
»Liebe!« rief Mrs. Chasen und warf die Arme in die Luft. »Was meinst du mit ›Liebe‹? Wie kannst du von Liebe reden, wenn du gar keine Ahnung hast, was das eigentlich ist.«
»Ich weiß, was ich fühle.«
»Und das hältst du für Liebe? Das ist keine Liebe. Das ist die Besessenheit eines Geisteskranken! Wie kannst du mir das antun? Ich verstehe es nicht, ich verstehe es einfach nicht!«
Mrs. Chasen trat an die Bar und goß sich einen Drink ein. Noch niemals hatte Harold sie in einer so katastrophalen Verfassung erlebt. Es kam ihm wie Ironie vor, denn es war jetzt alles gleichgültig.
»Harold«, sagte sie und setzte sich neben ihn. »Hör mir zu. Warum willst du dein Leben wegwerfen?«

»Ich habe lediglich vor, sie um ihre Hand zu bitten.«
»Aber was weißt du denn von ihr? Woher kommt sie? Wo hast du sie kennengelernt?«
»Auf einer Beerdigung.«
»Oh, das ist ja einfach wunderbar.« Mrs. Chasen nahm einen großen Schluck. »Ich bekomme nicht nur eine achtzig Jahre alte Schwiegertochter, ich kriege zugleich auch eine Sargträgerin! Harold! Bitte. Sei doch vernünftig. Was werden die Leute sagen?«
»Es interessiert mich nicht, was die Leute sagen.«
Mrs. Chasen stand auf.
»Es interessiert dich nicht! ›Greisin heiratet jugendlichen Brandstifter in Friedhofskapelle!‹ – Und dich interessiert es nicht!« Sie ging wieder zur Bar hinüber.
Harold hatte genug gehört; auch er stand auf.
»Alles, was ich mir für dich wünsche, ist, daß du ein nettes Mädchen heiratest, daß wir eine hübsche Hochzeit arrangieren und ... was machst du?«
»Ich gehe«, sagte Harold.
»Du gehst?«
»Ja«.
»Aber wohin denn?«
Er drehte sich noch einmal um. »Ich werde die Frau heiraten, die ich liebe.«

Mrs. Chasen gab auf. »Harold«, sagte sie ruhig. »Was du tust, ist der reine Wahnsinn.«
Harold lächelte. »Vielleicht hast du recht.« Sprach's und zog die Tür hinter sich zu.

An diesem Abend verband Harold Maude die Augen, öffnete die Tür ihrer Hütte und führte sie hinein.
»Halte dich an mir fest«, sagte er und schob sie behutsam in die Mitte des Zimmers.
»Oh, ich liebe Überraschungen«, gestand sie fröhlich. »Sie machen mich so ... beschwingt!«
»Okay«, sagte Harold. »Bleib da stehen.« Er nahm ihr das Tuch von den Augen. »Voilà!«
Maude schaute sich um. »O Harold!« rief sie und klatschte begeistert in die Hände. »Sie sind herrlich!«
Hundert Sonnenblumen füllten den Raum – sie standen auf Tischen, Stühlen und dem Kaminsims –, und über dem Kamin hing ein Transparent mit der Aufschrift »Herzlichen Glückwunsch, Maude«.
Maude ging staunend wie ein Kind im Zimmer herum. Sie lachte.
»Sie sind phantastisch! Wo hast du sie denn alle her? Du mußt das schon seit Tagen geplant haben.«

»Habe ich auch«, nickte Harold und schaltete das Grammophon ein. Ein Strauß-Walzer durchflutete den Raum.

»Darf ich Sie um diesen Tanz bitten, meine Dame?« fragte Harold und machte eine artige Verbeugung vor ihr.

Maude knickste. »Mit dem größten Vergnügen, mein Herr«, antwortete sie.

Er nahm sie in die Arme, und sie tanzten glücklich, bis die Platte abgelaufen war.

»Und jetzt«, verkündete Harold und schob die Wandschirme beiseite, »ein Abendessen für zwei.«

»Meine Güte!« rief Maude freudestrahlend. »Tafelsilber! Wo hast du das bloß her? Und das da!«

Harold nahm vom Tisch eine kleine silberne Vase mit einem einzigen Gänseblümchen darin und gab sie ihr.

»Von mir für dich. Ein Individuum. Erinnerst du dich?«

Maude nahm das Gänseblümchen und hielt es vorsichtig in der Hand. »Ich danke dir«, sagte sie leise, »ich erinnere mich sehr gut.«

»Achtung!« rief Harold und riß mit einer dramatischen Geste den Deckel vom Eiskübel.

»Champagner!« Maude war völlig hingerissen. »Oh, du hast wirklich an alles gedacht.«

Harold nahm die Flasche aus dem Kübel und machte sich daran, den Korken zu entfernen.
»Warte«, sagte Maude und rannte ins Schlafzimmer. »Ich habe ja auch eine Überraschung für dich.« Sie kam mit einer Schachtel zurück. »Sind Geburtstage nicht etwas Wundervolles? Für mich bedeuteten sie immer einen neuen Anfang!«
»Paß auf!« schrie Harold. Der Korken schoß aus der Flasche, und der Champagner sprudelte über den Rand des Flaschenhalses. Er goß Maude schnell etwas ein und füllte dann auch sein eigenes Glas.
»Das kannst du nach dem Essen aufmachen«, sagte Maude und legte die Schachtel auf das Kaminsims.
»Nach dem Konzert«, verbesserte Harold und reichte ihr das Glas.
»Okay«, nickte sie. »Du bringst den Toast aus.«
Harold hielt sein Glas hoch. »Auf uns.«
»Auf uns.«
Sie nippten an dem Champagner und lächelten.
»Und jetzt habe ich noch eine Überraschung«, sagte Harold.
Er nahm ein kleines Ring-Etui aus seiner Tasche. Es war mit einem schmalen roten Bändchen verschnürt. »Du kannst es nach meinem Solo aufmachen«, sagte er und legte die kleine Schachtel neben Maudes Geschenk auf das Kaminsims.

»Ich hoffe, daß diese letzte Überraschung dich besonders glücklich machen wird.« Er lächelte sie zärtlich an.

»Oh, ich bin sehr glücklich«, sagte Maude. »Geradezu ekstatisch. Ich könnte mir keinen schöneren Abschied vorstellen.«

»Abschied?«

»Aber ja. Ich bin heute achtzig geworden.«

»Aber du gehst doch nicht weg, oder?«

»O doch, mein Lieber. Ich habe die Tabletten schon vor einer Stunde genommen. Um Mitternacht wird wohl alles vorüber sein.«

»Aber . . .« Harold starrte sie verständnislos an.

Maude lächelte und nippte an ihrem Champagner.

Plötzlich wurde ihm klar, was sie getan hatte.

Er stürzte zum Telefon.

Der Krankenwagen raste mit Blaulicht und Sirene durch die Stadt.

Im Wagen lag Maude auf einer Bahre. Sie hielt das Gänseblümchen in der Hand. Ihre einzige Sorge galt Harold, der neben ihr kniete und herzzerreißend schluchzte.

»Komm, Harold«, sagte sie, »lächele doch mal. Warum denn so viel Wirbel machen? Das ist doch völlig unnötig.«

»Maude. Bitte. Stirb nicht! Ich könnte es nicht ertragen. Bitte, bitte stirb nicht.«

»Aber Harold, wir fangen doch schon an zu sterben, sobald wir geboren sind. Was ist denn so beängstigend am Tod? Er ist ein Teil des Lebens, nur eine Veränderung.«

»Aber warum muß es ausgerechnet jetzt sein?«

»Ich hatte mich schon vor langer Zeit entschlossen, dieses Datum als Anlaß zu nehmen. Ich hielt Achtzig für eine gute runde Zahl.« Sie kicherte plötzlich. »Mir ist schwindlig«, sagte sie.

»Aber Maude, du verstehst mich nicht. Ich liebe dich. Hörst du mich? Das habe ich noch nie in meinem Leben zu irgend jemandem gesagt! Du bist der erste Mensch, zu dem ich das sage. Maude! Bitte verlaß mich nicht.«

»O Harold, reg dich doch nicht so auf.«

»Es stimmt aber! Ich kann ohne dich nicht leben!«

Maude tätschelte seine Hand. »Auch das wird vergehen.«

»Niemals! Niemals! Ich werde dich nie vergessen! Ich wollte dich heiraten. Ich wollte dich heute abend bitten, meine Frau zu werden. Verstehst du mich denn nicht? Ich liebe dich! Ich liebe dich!«

»O Harold, das ist wundervoll. Geh und liebe weiter.«

Der Krankenwagen hielt vor der Nothilfestation der Klinik, und die Sanitäter rannten um den Wagen herum und öffneten die hintere Tür.

»So unnötig«, kicherte Maude, als man sie auf einem fahrbaren Bett in das Gebäude rollte.

Harold lief neben dem Bett her. »Halt durch!« flehte er. »Du mußt durchhalten!«

»Durchhalten?« Maude kicherte wieder. »O Harold, wie absurd!«

Die Männer rollten sie zur Anmeldung. Eine rothaarige Oberschwester stand hinter dem Schalter und erklärte einer Lernschwester die Aufnahmeformalitäten. Harold trommelte verzweifelt auf die Barriere, und ein Praktikant mit Hornbrille schaute von seinem Buch auf.

»Bitte«, sagte Harold, »ein Unglücksfall, jemand hat eine Überdosis Schlaftabletten genommen! Wir brauchen dringend einen Arzt. Dringend!«

»Ja, ja«, sagte die Oberschwester. »Julie, nehmen Sie die Personalien auf.«

Die Lernschwester nahm den Block mit dem Anmeldungsformular und einen Bleistift zur Hand. »Äh, wie ist Ihr Name?« fragte sie freundlich mit rollendem Südstaatlerakzent.

»Es handelt sich nicht um mich«, berichtigte Harold. »Das ist die Patientin.«

Maude hörte auf zu summen und lächelte. Sie winkte grüßend mit ihrem Gänseblümchen.

»Es ist besser, wenn Sie zuerst nach dem Familiennamen, dann nach dem Vornamen und dann nach dem Anfangsbuchstaben eines zweiten Vornamens fragen«, riet die Oberschwester. »Auf diese Weise sparen Sie Zeit.«

»In Ordnung«, sagte die Lernschwester. Sie lächelte Maude an. »Wie ist Ihr Nachname?«

»Chardin. Gräfin Mathilda. Aber Sie können Maude zu mir sagen.«

»Oh, vielen Dank.«

»Bitte!« rief Harold. »Sie braucht sofort einen Arzt!«

»Junger Mann«, sagte die Oberschwester, »vielleicht sollten Sie lieber in den Warteraum gehen.«

Die Lernschwester hatte Maudes Namen aufgenommen. »Wie alt sind Sie?« fragte sie.

»Achtzig. Ich habe heute Geburtstag.«

»Oh! Ich wünsche Ihnen noch viele schöne Geburtstage.«

»Ich glaube nicht, daß es noch einen geben wird.«

»Sie verstehen mich nicht!« schrie Harold außer sich. »Sie hat eine Überdosis Schlaftabletten genommen. Schon vor zwei Stunden! Es ist nicht mehr viel Zeit!«

Der Praktikant kam hinter der Barriere hervor und bat Maude um ihre Unterschrift. »Nur eine Formalität«, erklärte er.

»Aber gern«, sagte Maude und unterschrieb das

Formular mit einem schwungvollen Schnörkel. »Ihr Haar gefällt mir sehr«, fügte sie hinzu.

»Wirklich?« strahlte der junge Mann, »ich lasse es wachsen. Nun, dieses Formular ist nur für den Fall, daß eine Schadenersatzklage erhoben werden sollte. Damit das Krankenhaus nicht verantwortlich gemacht werden kann, falls ...«

»Ich glaube, Sie sollten lieber einen Kugelschreiber benutzen, Julie«, riet die Oberschwester. »Man kann die Schrift dann besser lesen.«

»Oh, natürlich.«

»Es ist nur eine gesetzliche Vorsichtsmaßnahme«, fuhr der Praktikant fort und prüfte die Unterschrift. »Es hat nichts mit Ihnen persönlich zu tun.«

»Begreift mich denn hier keiner?« schrie Harold. »Sie liegt im Sterben!«

»Nun, ich sterbe nicht eigentlich«, korrigierte Maude. »Ich verändere mich nur. Wie sich der Winter zum Frühling wandelt, wissen Sie. Aber natürlich ist es ein gewaltiger Schritt.«

»Wenn das so ist, dann sollten Sie vielleicht gleich zum wesentlichen Teil übergehen, Julie.«

»In Ordnung«, sagte die Lernschwester und blätterte gewissenhaft um. »Wie ist die Nummer Ihrer Sozialversicherung?«

»Nein«, winkte die Oberschwester ab. »Fragen Sie nach der Krankenversicherung.«

»In Ordnung. Haben Sie eine Versicherung? Blue Cross? Oder vielleicht Blue Shield?«

»Eine Versicherung wogegen?«

»Keine Versicherung«, stellte die Lernschwester fest. Sie wandte sich mit bekümmertem Gesicht an ihre Vorgesetzte.

»Nun schreiben Sie es hin.«

»Das ist doch Wahnsinn!« brüllte Harold.

»Es tut mir leid«, sagte die Oberschwester und strafte Harold mit einem eisigen Blick, »aber der Psychiater kommt erst morgen früh.«

»Was ist denn hier los?« fragte ein Arzt, der gerade durch die Schwingtüren getreten war.

»Eine Überdosis Schlaftabletten, Doktor«, berichtete die Oberschwester.

Harold wandte sich an den Arzt, während die Lernschwester sich zu Maude hinunterbeugte und sie besorgt fragte: »Haben Sie dort, wo Sie arbeiten, eine Wohlfahrtseinrichtung?«

»Ich bin pensioniert«, sagte Maude.

»Doktor, ich bitte Sie!« flehte Harold. »Sie hat eine Überdosis Schlaftabletten genommen. Sie müssen etwas unternehmen!«

»Schon gut, bringen Sie sie da hinein.«

Der Praktikant rollte das Bett davon.

»Wer ist der Nächste?« rief die Lernschwester, den Kugelschreiber im Anschlag.

»Adieu Menschheit«, rief Maude fröhlich nach

hinten, als sie durch die Schwingtür gerollt wurde.
»Adieu, Harold!« Sie winkte mit dem Gänseblümchen. »Ich bin auf dem Weg in ein neues Abenteuer.« Die Tür schwang hinter ihr zu.
Harold stand da und betrachtete die Türflügel, bis sie völlig zum Stillstand gekommen waren.

Die Uhr im Warteraum zeigte elf. Harold bemerkte, daß der kleine Zeiger abgebrochen war. Er saß in einer Ecke. Ihm gegenüber saß eine schwarzgekleidete Frau und starrte unverwandt durch das Fenster in die Dunkelheit. Ihr kleiner Sohn schlief neben ihr auf der Bank.
Um halb zwölf kam ihr älterer Sohn durch die Schwingtür. Sein Kopf und ein Arm waren bandagiert. Ohne ein Wort zu sagen, weckte sie den kleinen Jungen und nahm ihn an der Hand. Schweigend verließen die drei den Raum.
Harold blieb allein zurück. Er warf einen Blick auf die zerlesenen Illustrierten, die auf dem Tisch lagen. Er rieb sich das Gesicht. Dann beugte er sich vor und starrte zu den Schwingtüren hinüber.
Um Mitternacht war Schichtwechsel der Schwestern.
Um eins ging der Praktikant.

Gegen drei kamen ein zukünftiger Vater und seine schwangere Frau irrtümlich in die Nothilfestation. Sie wurden zur Entbindungsstation geschickt. Der Vater entschuldigte sich immer und immer wieder. Die Frau lächelte nur. Sie gingen.
Harold stand auf und begann in der großen Halle auf und ab zu gehen.
Gegen vier kam der Hausmeister und leerte die Aschenbecher.
Um fünf kehrte Harold in den Warteraum zurück. Er setzte sich auf die Bank und starrte wieder die zerlesenen Illustrierten auf dem Tisch an.
Um sechs wurde es allmählich hell. Harold konnte schon die Umrisse der Wagen erkennen, die draußen auf dem Parkplatz standen.
Um zwölf nach sieben kam der Arzt, um ihm mitzuteilen, daß Maude gestorben war.
Er nahm die Nachricht sehr ruhig auf. Sein Gesicht zeigte keine Reaktion. Er dankte dem Arzt mechanisch und ging.

In der Morgensonne, die durch das Fenster hereinschien, sah Maudes Wohnzimmer völlig verändert aus. Überall standen die Reste der Geburtstagsfeier herum – die Sonnenblumen ließen bereits die Köpfe hängen, die Champagnerflasche lehnte halb leer in einem Eimer voll Wasser.

Harold trat ans Fenster. Draußen sangen die Vögel und pickten die Körner auf. Er setzte den Mechanismus des Futterapparates in Gang und erinnerte sich an das erste Mal, als er ihn in Aktion gesehen hatte. Seine Augen füllten sich mit Tränen, und er bemühte sich, sie zurückzuhalten. Er ging zum Kamin hinüber. Als sein Blick auf das Transparent fiel, riß er es von der Wand herunter. Die Sonnenblumentöpfe und alles andere, was auf dem Kaminsims gestanden hatte, fielen zu Boden – einschließlich des kleinen Etuis mit den Ringen.

Sofort bereute er seine Unbeherrschtheit, hob die kleine Schachtel auf und sah daneben das Päckchen, das Maude am Vorabend für ihn auf das Sims gelegt hatte. Er legte es auf den Tisch und machte es auf. Es enthielt den Schlüsselbund, den ihr Sweeney geschenkt hatte. Er schaute ihn an, und wieder ließ sein Gesicht keine Empfindung erkennen. Dann las er den Zettel, der daran befestigt war. In der für sie charakteristischen Schnörkelschrift hatte sie geschrieben: »Liebster Harold. Gib ihn weiter – In Liebe. Maude.«

Er nahm den Zettel in die Hand und setzte sich. Er las ihn noch einmal. Wieder stiegen ihm die Tränen in die Augen. Diesmal konnte er sie nicht mehr zurückhalten. Er versuchte es nicht einmal. Sie war gegangen. Er war allein.

Tränen strömten ihm über die Wangen. Sein Schluchzen wurde immer lauter und heftiger. Verzweifelt weinend wie ein verlassenes Kind wühlte er sein Gesicht in die Kissen.

Der Mini-Leichenwagen raste die Uferstraße entlang, schoß in halsbrecherischer Fahrt um die Kurven und kam dem Abgrund manchmal gefährlich nahe. Harold saß am Steuer. Er fuhr wie ein Besessener. Die Tränen auf seinem Gesicht waren noch nicht getrocknet. Seine Hände umklammerten das Lenkrad. Er bog in einen Feldweg ein und fuhr bis zu einer Stelle hinauf, an der das Ufer besonders steil abfiel.
Von weit her konnte man den Wagen in die Tiefe stürzen sehen. Er flog über die Klippe, drehte sich im Fallen, schlug dann auf die Felsen auf und verwandelte sich sofort in ein Flammenmeer. Das Feuer verlosch, und Rauch und Dampf verschwanden allmählich. Die Wellen, die mit der steigenden Flut kamen, umspülten das Wrack. Harold blickte vom Rand der Klippe auf den Blechhaufen hinunter. Die Sonne blitzte in dem zerbrochenen Glas auf. Ein Stück des verbrannten Vorhangs schaukelte auf den Wellen hin und her. Darüber segelten die Möwen sorglos im leichten Wind.

Harold rieb sich die Nase und schob Sweeneys Schlüsselbund in die Tasche. Er streckte sich, atmete tief ein und wischte sich sein tränenverschmiertes Gesicht mit beiden Händen ab. Dann nahm er sein Banjo von der Schulter und schlug ein paar Akkorde an. Er warf noch einen letzten Blick auf die Überreste seines Wagens, dann ging er.

Während er den Hügel hinunterlief, begann er Maudes Lied zu spielen, und er erinnerte sich bruchstückhaft daran, wie sie es gesungen hatte:

Aber der Kuck-kuck-Kuckuck
Trotz seiner eintönigen Melodie, huhu,
Der Kuck-kuck-Kuckuck ...«

Er lächelte und begann wieder von vorn. Bei jedem Mal geht es besser, dachte er, und er wußte, er würde es richtig spielen können, bevor er am Ende der Straße angelangt war.

7 - 1 - 6 - 2 - 3